Hugo Boris

Die Polizisten

Hugo Boris

Die Polizisten

Roman

Aus dem Französischen
von Amelie Thoma

Ullstein

Die Originalausgabe erschien 2016
unter dem Titel *Police* bei Éditions Grasset & Fasquelle, Paris.

ISBN: 978-3-550-05046-6

Gesetzt aus der Century Schoolbook
Satz: Pinkuin Satz und Datentechnik, Berlin
Druck und Bindearbeiten: GGP Media GmbH, Pößneck
Printed in Germany

Für Gabriel

1.

Das Blut auf ihrer Diensthose ist nicht ihr eigenes. Sie musste vorhin bei einer Schlägerei eingreifen, daher wird es kommen. Jetzt steht sie allein in der Umkleide, mit nackten Beinen auf den kalten Fliesen neben dem Waschbecken, und wühlt durch die Hosen in ihrem Spind. Sie probiert eine an, der Bund sitzt zu tief. Das Gewicht ihrer Ausrüstung - Gürtel, Waffe, Magazin, Handschellen und Schlagstock - würde den Schritt so weit nach unten ziehen, dass es aussähe, als trüge sie Baggy Pants. Sie lässt die Hose auf den Boden gleiten und fischt eine andere aus dem Haufen, höher geschnitten, aber mit zu langen Beinen und ausgebeult an den Knien. Die dritte, die ihr in die Hände fällt, kneift in der Taille und schnürt ihr die Luft ab. Am Ende fällt ihre Wahl auf ein Herrenmodell für den Winter, obwohl es Sommer ist und sie eine Frau, und sofort überkommt sie ein beklemmendes Gefühl, fast wie Angst, ihr Puls geht schneller, als drohe eine Gefahr, dabei steht sie allein vor einer Reihe Metallschränke. Sie könnte sämtliche Polizeihosen durchprobieren, egal in welcher Größe und aus welchem Stoff, alle italienischen oder französischen Schnitte testen und dabei ihr jährliches Punktekontingent verbrauchen, keine würde ihr jemals passen.

Auf dem Boden hält sich ihre kugelsichere Weste, unter deren Gewicht sie sich den Tag über gekrümmt hat, von ganz allein aufrecht, es sieht aus, als hätte sie sich den Brustkorb herausgerissen und kurz abgestellt. Sie hebt den Kopf, ihr Gesicht im Spiegel über dem Waschbecken ist immer noch dasselbe. Es verrät nicht, was sie denkt. Dass sie eine Frau ist, die morgen abtreiben wird. Sie ist immer wieder erstaunt darüber, dass ihre Züge sich nicht verändern. Es gelingt ihr nicht, das, was sie seit ein paar Wochen durchmacht, mit diesem ewig gleichen Bild im Spiegel in Einklang zu bringen, diesem Mund, dieser Nase, diesen grauen Augen, die ihr so vertraut sind. Sie wirkt nicht abgespannt, hat keine dicken Tränensäcke, ihr Gesicht ist spitz wie eh und je, da ist nur das ganz leichte Schielen, es wird stärker, wenn sie müde ist, weswegen man sie nicht hübsch, sondern apart findet, dieser widerspenstige Blick macht ihren Charme aus.

Eine Kollegin öffnet die Tür einen Spaltbreit, steckt den Kopf hinein.

»Virginie, die anderen sind einverstanden.«

Ihr Team hat sich an diesem Abend nach Dienstschluss zu einem Sondereinsatz außerhalb des Bezirks bereit erklärt. Sie hat als Erste Ja gesagt, ohne genau zu wissen, worum es ging. Sie arbeitet seit dem frühen Nachmittag. Wenn man sie ließe, würde sie eine doppelte Schicht ohne Pause dranhängen.

»Ihr müsst zum Knast in Vincennes. Die haben Unterstützung für einen Personentransport angefordert.«

»Aber da brennt's doch?«

Die Kollegin macht ein Gesicht, als wolle sie sagen: »Was weiß denn ich.«

Die Tür geht wieder zu. Virginie starrt immer noch in den Spiegel. Seit sie bei der Polizei ist, hat sie miterleben müssen, wie ein Vater seinen Sohn zur Strafe in den Kühlschrank steckte und darin vergaß, wie ein Häftling ihr ins Gesicht spuckte, um sie mit seiner Hepatitis anzustecken, wie gut situierte Versaillerinnen mit Samthaarreifen auf den Strich gingen, wie eine Achtzigjährige wegen zwanzig Euro niedergeschlagen wurde, wie Erhängte sich entleerten, als sie sie berührte, wie Langzeitarbeitslose das Geld, das sie nicht hatten, mit Rubellosen verspielten. Sie hat mit ansehen müssen, wie eine Katze das Gesicht ihres verstorbenen Besitzers auffraß, wie ein Kind einen Sturz aus dem vierten Stock überlebte, wie das Blut eines Kollegen über seinen Computer rann, nachdem er sich eine Kugel ins Auge geschossen hatte. All das ragt aus der Flut der Alltagspflichten hervor. Für einen gerade mal annehmbaren Lohn hat sie in den Rotlichtvierteln ihre Seelenruhe eingebüßt, nichts erstaunt sie mehr, sie weiß alles über die trostlosesten Seiten des Daseins, und immer fragt sie sich, wieso ihre Augen nicht schmutzig werden, fassungslos, dass sich nicht der kleinste Widerschein von all diesem Elend in ihnen findet.

Sie schickt Thomas eine Nachricht, schreibt ihm, dass sie spät nach Hause kommen wird, erinnert ihn daran, Maxence die Vitamin-D-Tropfen zu geben und seinen Po mit Zinksalbe einzuschmieren.

Sie hatte sich nach der Geburt des Kleinen geschworen, dass sich ihr Leben nicht so sehr verändern würde, dass sie weiterhin Zeit für sich selbst hätte, nicht immer nur gestresst wäre. Ihre Mutter, ihre Tanten, ihre Freundinnen, die hatten vielleicht nicht genug aufgepasst. Doch am Ende hat auch sie dran glauben müssen, ihr Leben wurde komplett umgekrempelt. Sie ist in dieselbe Falle getappt wie alle anderen, totale Erschöpfung, Tränen zu jeder Tages- und Nachtzeit, das auf der Strecke gebliebene Begehren, die obligatorischen Fieberbläschen. Thomas fasst sie nicht mehr an. Sie küssen sich noch, aber nicht mehr richtig, nur nebenbei. Sie streicheln einander die Wange, das Haar oder den Nacken, aber Sex, nein. Den haben sie sich abgewöhnt, als wüssten sie nicht mehr, wie es geht. Sie hat es mal mit eindeutigeren Küssen versucht, zärtlich seine Arme und seine Brust berührt. Doch es blieb unerwidert, und sie fühlte sich beschämt, so als wäre sie betteln gegangen.

Schnell richtet sie ihren Knoten, durchbohrt ihn mit fünf, sechs Haarnadeln, lenkt sich mit den routinierten Gesten des Dienstalltags ab, schnürt ihre Einsatzstiefel, führt den Pistolengürtel durch die Schlaufen. Sie tastet nach der Waffe, die sie bei Schichtbeginn geladen hat. Legt die kugelsichere Weste an, schließt die Klettbänder an den Seiten. Mit schwarzem Filzstift hat sie ihre Blutgruppe darauf geschrieben. Zuletzt streift sie sich die Jacke über, auf dem Rücken prangt das Wort POLIZEI in Großbuchstaben. Die Uniform richtet sie automatisch auf wie eine Stütze, verleiht ihr eine Sicherheit, die nicht aus ihr selbst kommt, bringt für einen Moment ihre Gefühle zum Schweigen. Sie strafft die Schultern, streckt die Brust raus. Im Spiegel teilt eine weiße Linie die beiden Hälften ihrer festgezurrten Frisur. Die Haare sind so streng zurückgesteckt, dass sie ihre Gesichtszüge spannen. Einen Augenblick fragt sie sich, ob sie es fertigbringen wird, Aristide gegenüberzutreten. Die Hand auf der Türklinke, hält sie inne, kann sich nicht entschließen, atmet tief durch. Vorhin hat sie seine Stimme im Flur gehört. Nein, sich heute Abend zu sehen wäre mühsam, nutzlos. Allein die Vorstellung, vor den Kollegen ein paar Worte mit ihm zu wechseln, übersteigt ihre Kräfte. Sie muss nur unauffällig zu Hervé durchkommen und die Schlüssel holen. Dann wird sie sich im Auto verkriechen, bis sie losfahren.

Während sie sich durch die Gänge bewegt, überwacht sie diskret jeden toten Winkel, wendet sich immer wieder um, damit sie nicht von hinten überrascht wird. Sie verlangsamt ihren Schritt vor jeder geöffneten Tür und geht mit großem Abstand daran vorbei, um zu sehen, bevor sie gesehen wird. Sie durchquert ihre eigene Dienststelle wie feindliches Terrain, schiebt sich an den Mauern des Treppenhauses entlang eine Etage tiefer. Im Aufenthaltsraum beugen sich die Kolleginnen und Kollegen der Nachtschicht über ihre Mikrowellengerichte, ihr Hühnchen-Colombo und ihr Seelachsfilet. Sie entdeckt Aristide, sein breites Kreuz ist unverkennbar, der ausrasierte Nacken mit den harten Wirbeln, seine von Kämpfen deformierten Ohren, sein knackiger Alpha-Männchen-Hintern, die Uniform, die über den Muskeln spannt. Da steht er und diskutiert mit Hervé. Er hat die Arme verschränkt, die Hände auf dem Bizeps, schön wie ein Bulle, gut austariert und breitbeinig. Sie muss blitzschnell sein, darf ihm keine Chance lassen. Sie steuert direkt auf Hervé zu, streckt die Hand aus, um ihm die Schlüssel abzunehmen.

»Ich warte im Auto auf dich.«

Aristide hat keine Gelegenheit, ihren Blick aufzufangen oder etwas zu sagen. Sie zwingt sich, den Raum langsam zu verlassen, damit es nicht so nach Flucht aussieht, drückt die Türen auf, passiert die Reihen der Plastikschalensitze in der Eingangshalle, erkennt eine Anwältin, die wartet, dass sie aufgerufen wird, geht an dem Sicherheitsbeamten vorbei, der gerade die Plastiktüte einer Frau inspiziert, deren Mann sich in Polizeigewahrsam befindet.

»Er hat seit gestern nichts gegessen ...«

»Er muss nur essen, was es hier gibt, Madame.«

»Aber ich habe heute angerufen, man hat mir gesagt, ich könne kommen ...«

Virginie stößt die Eingangstür auf, flüchtet ins Abendlicht, atmet tief die frische Luft ein.

Fast im Laufschritt überquert sie die Avenue Daumesnil. Drüben, vor den Bogen des Viaduktes sind die Streifenwagen geparkt. Sie hat das Gefühl, erst in Sicherheit zu sein, wenn sie im Auto sitzt. In den letzten Sonnenstrahlen kneift sie die Augen zusammen.

Sie öffnet den Wagen, lässt sich auf den Platz hinter dem Fahrersitz fallen und zieht die Tür mit einem tiefen Seufzer zu, als wäre sie nach einer langen Reise endlich angekommen. Den ganzen Tag war sie mit

Érik als Teamleiter und Hervé am Steuer unterwegs. Hoffentlich kommen sie bald, und dann nichts wie weg hier.

Die Reproduktionen des sterbenden Sklaven von Michelangelo am Dachgesims der Polizeiwache scheinen vor Hitze zu vergehen. Die riesigen Statuen mit ihren mächtigen Oberkörpern, die nur wenig athletischer als der von Aristide wirken, umgeben das Gebäude in Höhe der beiden obersten Etagen. Die Abendsonne steckt sie in Brand. Schön, denkt Virginie, und ist verwundert, dass sie das noch zulassen kann. Sie schließt kurz die Augen. Das Rezept für die Antibiotika hat sie eingesteckt. Eigentlich wollte sie nach ihrer Schicht bei der Apotheke vorbeigehen. Jetzt muss sie Hervé bitten, unterwegs kurz anzuhalten.

Sie hört, wie die Vordertür aufgeht, öffnet die Augen wieder.

»Der Sitz ist noch warm, das kann ich nicht leiden«, witzelt Aristide.

Anscheinend hat er es irgendwie geschafft, mit Hervé zu tauschen, der jetzt sicher einen bei ihm guthat.

»Alles klar, oder was?« In seiner Heiterkeit schwingt eine vergebliche Hoffnung mit.

2.

Er prüft mit den Schultern die Festigkeit des Sitzes, lehnt sich gemütlich zurück, als wäre er bei sich zu Hause.

»Tust du jetzt so, als würdest du mich nicht sehen?« Er klingt wie ein Teenager im Stimmbruch. In den letzten zwei Wochen ist er merklich gealtert. »Ehrlich, schau dich doch mal an. Ich mach mir Sorgen, echt jetzt.«

»Hör auf.«

»Hör auf«, äfft er sie nach. »Du bist einfach nur kindisch. Glaubst du im Ernst, ich will ein Baby von so einer Tussi wie dir?«

Sagt er, der vierunddreißigjährige Vorpubertäre, der die Polizeiwache abends mit Gangsterblick und lederner Bomberjacke über der Schulter verlässt, die Haare immer sorgfältig zu einem kleinen Hahnenkamm gegelt, aufgebrezelt für den Rummelplatz, König des Autoskooters. Sagt Aristide, die Stimmungskanone der Truppe, der überall Spaß verbreitet, am helllichten Tag guten Abend brüllt, ohne Vorwarnung in Gespräche reinplatzt, sie mit reflexartigen Worthülsen füllt – das ist bombig, wünsche, wohl gespeist zu haben, läuft! –, Aristide, der allen Bescheid sagt, wenn er einen Halbweichen oder Dreiviertelharten hat, der stundenlang über seinen Phantomschiss reden kann, der nicht pinkeln geht, sondern den Lurch würgt, der behauptet, er hätte im Sommer 1999 im *Pénélope* den Pokal im Sahne-von-nackten-Busen-Schlecken gewonnen, und überzeugt ist, er könne mit bloßem Auge, einfach am Gesicht, erkennen, welche Frau sich eine hübsche kleine Landebahn rasiert hat. Aristide, bei dem man von allem, was er sagt, erst mal achtzig Prozent abziehen muss, mit seinen derben Witzen, seiner Beliebigkeit, die die anderen ermutigt, Aristide, der nicht schlafen gehen kann, der die ganze Nacht lang Zombies pulverisiert, Aristide, charmant und vulgär, laut und prollig, beknackt und strahlend, der Erschöpfung und Exzesse liebt, die Bewegung um der Bewegung willen, den Lärm um des Lärms willen, kurz, Aristide, der immer gut drauf ist. Aber auch Aristide, den jeder in seiner Mannschaft haben möchte, weil er ein erstklassiger Kollege ist, der, sobald es losgeht, sofort aufhört, den Hanswurst zu spielen, und sich im Einsatz ebenso umsichtig zeigt, wie er am Steuer herumalbert, Aristide mit dem dritten Dan im Judo, der die Gemüter allein durch seine physische Präsenz beschwichtigt, Situationen spontan erfasst und Konflikte entschärft, mit den banalsten Interventionen genauso gut klarkommt wie in brenzliger Lage, nicht die Geduld verliert, wenn einer frech wird, sondern immer die richtigen Worte findet, einem vollkommen zugedröhnten Kerl sagt, er sehe müde aus, oder kleinen Ganoven, es laufe wohl gerade nicht so gut - man muss gesehen haben, wie er bei Rot neben einem getunten Schlitten voller halbstarker Galgenvögel hält, die Scheibe runterfährt, den Ellbogen raushängt und lässig ruft: »Na, was heckt ihr wieder aus, ihr Heckenschützen?« -, Aristide, der auch mal kurzen Prozess macht, wenn es unsinnig ist, den ganzen Nachmittag über irgendwas zu diskutieren, der sich seiner Kraft gewiss ist, auf Knopfdruck brutal wird, wenn er einem klarmachen muss, wer hier der König der Tiere ist, der die Leute je nach Laune mal ruppiger, mal weniger ruppig anpackt oder abtastet, den Radaubruder mit einem bösen kleinen Tritt gegen den Knöchel dazu bringt, die Beine zu spreizen und den Blick zu senken ... Alles ist so viel cooler, wenn er dabei ist. Er kann eben auch mit vierunddreißig noch ein Rad schlagen und mit gestreckten Beinen seine Zehen berühren. Und dazu diese grünen Augen und die weißen Zähne, das viel zu schöne Gesicht, dieser Hauch von Freiheit und vor allem dieses Lächeln, das jeden Raum erleuchtet, die Straße, das ganze Arrondissement. Er könnte genauso gut einen Unterweltboss spielen wie auf einem homoerotischen Fresko von Michelangelo auftauchen. Stattdessen verschlingt er eine Packung Pim's in drei Happen und will wissen, ob du schon mal eine überfahrene Katze in einem Tunnel gesehen hast, bevor er dir die Keksmatsche in seinem Mund zeigt.

»Ist es morgen?«, fragt er in ihre Gedanken hinein.

»Ja.«

Sie starrt auf seinen Nacken zwischen den Stangen der Kopfstütze. Sie hat ihn den ganzen Tag noch nicht von vorn gesehen. Jetzt rutscht sie eine Pobacke weiter nach rechts, um die markante Kontur seines Gesichtes, die ausgeprägte Linie seiner Stirn und seiner Nase zu betrachten, die sich scharf gegen die Straße abhebt. Die in regelmäßigen Abständen positionierten Ampeln bilden eine Fluchtlinie, eine vermeintliche Startbahn mit grün, orange und rot blinkender Markierung. Nervös warten sie auf die Erlaubnis, ihre Parkposition zu verlassen, Schwung zu nehmen, sich vom Asphalt loszureißen. Das intensivere Leuchten der Ampeln vor dem blauen Himmel lässt den Tag in die Nacht übergehen.

3.

Ohne Eile überquert Érik die Straße. Noch nie war Virginie so froh, ihren Gruppenchef mit dem traurigen Huskyblick zu sehen. Noch nie hat etwas sie so erleichtert wie die Ankunft dieses Mannes ohne Fantasie und Hintergedanken, der mit steifen Oberschenkeln geht, die Beine bei jedem Schritt vorstreckt, als hätte er's im Kreuz, ein praktischer Typ, den man nie ohne Kampfweste antrifft, dreifacher Familienvater, alter Hase mit ergrauten Schläfen, Mittelstreckenläufer. In diesem Moment erscheint er ihr wie die fleischgewordene Normalität, entsandt zu ihrer Rettung, um sie vor Aristide zu beschützen. Er geht um das Auto herum zur Beifahrertür.

»Es brennt wieder«, informiert Érik sie, während Aristide losfährt. »Sie mussten die Insassen in einem anderen Gebäude einquartieren, das ist Scheiße. Ein paar leisten Widerstand.«

»Die haben das Feuer selbst gelegt, oder?«, fragt Aristide.

Érik nickt.

»Sie haben Schwierigkeiten, sie in Schach zu halten, also haben sie die Begleitschutzeinheit der COTEP um Hilfe gebeten. Ein Typ muss in drei Stunden am Flughafen sein. Wir übernehmen den Transport.«

»Was?! Wieso müssen wir das machen?«, ruft Virginie dazwischen. »Das ist nicht unser Job!«

»Nicht unser Job? Warum hast du dich dann gemeldet? Das ist ja wohl ein Witz. Ich hab dir gerade gesagt, dass die Jungs von der COTEP nicht verfügbar sind. Sie wurden abgezogen, um die Einrichtung zu sichern.«

»Das wusste ich nicht.«

»Du übernimmst einen Einsatz, ohne zu wissen, worum es geht?«

»So was konnte ich nicht ahnen.«

Aristide beschleunigt, immer schneller ziehen die Bögen des Viaduc des Arts an ihnen vorbei.

»Welche Apotheke hat heute Nachtdienst?«, fragt Virginie.

»Was hast du denn jetzt schon wieder?« Érik reicht es allmählich.

»Ich muss zur Apotheke. Wir müssen kurz auf dem Weg halten.«

»Kann das nicht bis morgen warten?«

»Nein, kann es nicht. Ich wollte eigentlich nach der Schicht hingehen.«

»Keine Ahnung, welche Apotheke Nachtdienst hat.«

»An der Place de la Nation gibt's eine, die länger geöffnet ist.«

»Da müssen wir aber nicht vorbei«, wirft Aristide ein.

»Na und?«

»Du hast gesagt, ›wir halten auf dem Weg‹.«

»Wir machen einen kleinen Umweg, fertig, aus«, beendet Érik die Diskussion.

4.

Schwer zu sagen, wann das alles angefangen hat. Unter der Belegschaft des 12. Arrondissements war Aristide, der sich in der Männerumkleide-Atmosphäre der Dienststelle mit seinen Handständen produzierte, deutlich sichtbarer als Virginie. Zu sehr damit beschäftigt, von allen beachtet zu werden, war er ihr lange Zeit begegnet, ohne sie zu bemerken.

Und dann, eines Tages, fiel ihm auf, dass sie da war.

Sie war zurückhaltend, eine der wenigen Kolleginnen, die nicht versuchten, wie ein Mann zu wirken. Er hatte ein paar Schichten mit ihr gehabt und wusste, dass sie, wenn nötig, eine Ansage machen konnte, was sie sich für besondere Gelegenheiten aufhob. Sie konnte auch zuschlagen, gab aber nicht damit an, wie andere, die so taten, als wäre ein Kerl an ihnen verloren gegangen, weil sie dachten, dass sie dann eher akzeptiert würden.

Vielleicht mal ein Augenaufschlag, ein Lächeln, ein zweiter Blick. Sie sah nicht schlecht aus, das war ihm erst nicht aufgefallen. Warum hatte er nicht genauer hingeschaut? Er begann, sie freundlich zu necken, damit auch sie auf ihn aufmerksam wurde, notfalls unter Anwendung des in der Schule gelernten Prinzips, dem zufolge man den Mädchen richtig auf die Nerven gehen musste, damit sie einen beachteten. Immer öfter entwischte ihm ein charmantes Lächeln, halb ironisch, halb schüchtern. Virginie, der sonnenklar war, dass er den Frauen gefiel und es wusste, gab sich gleichgültig und ignorierte ihn ausreichend, um ihn zu verunsichern. Sie war weder ein Grünschnabel noch überzeugt davon, wirklich Chancen bei einem solchen Mann zu haben, während Thomas sie zu Hause kaum eines Blickes würdigte. Sie kam gerade aus dem Mutterschutz zurück. Es erschien ihr unwahrscheinlich und vermessen, dass ein so gut aussehender Kollege sie anbaggern sollte. Aber Aristide achtete jetzt mehr auf seine Ausdrucksweise, hielt die Tür auf und sparte sich die fetten Rülpser, die unter den Kerlen üblich waren. Sie fing an, seine Gesellschaft zu suchen, über seine Dummheiten zu lachen und seinen Geschichten zuzuhören, als wäre er der interessanteste Mensch der Welt, ein bisschen tiefer einzuatmen, um ihren Busen zur Geltung zu bringen, vollkommen unbewusst, ein Urinstinkt, Überlebensstrategie ihrer Spezies, der sie unwillkürlich gehorchte. Wenn sie im selben Team waren, schickten sie sich heimlich Dutzende SMS von der Rückbank auf den Beifahrersitz und umgekehrt. Sie ging plötzlich beinah mit Vergnügen zur Arbeit, ertappte sich dabei, dass sie verführerisch sein wollte und ihrer Uniform so viel Weiblichkeit abzuringen versuchte wie nur möglich. Sie konnte sich nicht anders anziehen, durfte weder ihre Haare offen lassen noch auffällige Ohrringe tragen, also betonte sie ihr Make-up, begann, ihre Hände besser zu pflegen, und verlegte sich schließlich auf die kaum oder gar nicht sichtbaren Dinge, die man dennoch wahrnahm, die aus ihren Augen sprachen. Sie wählte besondere Unterwäsche aus, Push-up-BHs, scheinbar unschuldige Slips mit Spitzenbordüre und einer kleinen Schleife vorne. Selbst ihr Lachen wurde hübscher. Aristide machte sie munter. In seiner Gegenwart fühlte sie sich lebendiger. Er fand nicht, dass sie nur für Einsätze zu gebrauchen sei, bei denen es um Minderjährige oder verprügelte Frauen ging, er nahm sie mit ins Gefecht. Wenn er da war, hatte sie niemals Angst. Sie wusste, dass er sie immer rausholen würde.

Die Blicke erledigten schließlich den Rest. Wenn sie sich zum Schichtbeginn versammelten, zur Dienstübergabe oder zum Essen, beachtete sie ihn absichtlich nicht, um ihn dann dabei zu überraschen, wie er sie ansah. War sie schön wie die Frau eines anderen? Reizte sie ihn, weil sie gerade Mutter geworden und damit tabu war? Er verriet sich dadurch, dass er ihr keine zwei Sekunden mehr in die Augen blicken konnte. Wenn sie sich zufällig allein miteinander wiederfanden, waren sie befangen, sie hatten keine Ausrede mehr, es war, als spottete eine höhere Instanz: »Wie? Seit Wochen schleicht ihr um den heißen Brei, und das ist alles, was ihr euch zu sagen habt?« Virginies Blick wurde flehend und ungeduldig, als wollte sie ihm zu verstehen geben: »Tu's endlich, Idiot, beug dich runter, küss mich. Ich habe ein fünfzehn Monate altes Baby, ich kann nicht den ersten Schritt machen. Ich darf nur schwach werden.«

Und dann, eines Tages, hat er es ihr gesagt.

Er hat ihr gesagt, dass sie schön ist, etwas Besonderes.

In einem Auto wie diesem haben sie sich geküsst, so unvermittelt, dass ihre Zähne aneinanderschlugen.

5.

Das grüne Leuchtkreuz der Apotheke blinkt noch. Aristide fährt einmal um den Platz, umrundet die bronzenen Löwen des Triomphe de la République. Er parkt den Wagen in der zweiten Reihe vor dem Schaufenster.

Virginie steigt aus, betritt das leere Geschäft, hält der Apothekerin das Rezept des Gynäkologischen Zentrums von Port-Royal hin. Die junge Frau wundert sich bestimmt über den Besuch einer Polizistin in Uniform um diese Uhrzeit, noch dazu mit einer Medikamentenverordnung in der Hand. Virginie ist sich sicher, dass sie sofort weiß, worum es geht, als sie auf dem schon etwas verknitterten Zettel die drei Worte Zithromax, Profenid und Efferalgan liest. Sie lauert darauf, ob ein Schatten über ihr Gesicht huscht, aber nein, die Frau muss darin geschult worden sein, ärztliche Rezepte zu lesen, ohne mit der Wimper zu zucken. Sie verschwindet im Hinterzimmer, zieht tiefe Schubfächer auf Gleitschienen heraus, sammelt die Schachteln ein, kommt zurück, um einen wackligen Turm neben der Kasse zu errichten. Virginie wäre gern diese frische, lebendige Frau, die ihr Pharmaziestudium gerade erst abgeschlossen haben dürfte und jetzt vielleicht ihre erste Vertretung übernimmt, dank des Ferienmonats August. Sie wäre gern so sorglos wie sie, um die zwanzig, die Illusion der Freiheit noch ungebrochen, eine Jeans und Turnschuhe unter dem Kittel, die Haare mit einer Spange zu einem lockeren Knoten hochgesteckt, aus dem sich ein paar Strähnen gelöst haben.

»Darf es sonst noch was sein?«

»Hätten Sie ein Glas Wasser für mich? Ich muss die Tabletten sofort nehmen.«

Die junge Frau nickt, verschwindet und kehrt mit einem gefüllten Glas zurück. Virginie öffnet die Gelkapseln und schluckt sie vor der Apothekerin, mit dem Rücken zum Tresen. Sie ist in Uniform, Männerhose, Winterschnitt, und sie repräsentiert die Polizeigewalt bis in ihren Körper hinein. Gegen die Ansammlung von lebenden, mit ihren Schleimhäuten verbündeten Zellen setzt sie Antibiotika ein.

»Hiervon gibt es nur eine?«, fragt sie sicherheitshalber nach.

»Ja.«

»Dann lasse ich Ihnen die Schachtel da, die stört mich nur«, sagt sie, pragmatisch. »Die anderen passen in meine Tasche.«

Der Einkauf ist beendet. Die Apothekerin sieht Virginie an. Der klare, ruhige Blick der jungen Frau geht über die Polizeiuniform hinweg, geht über die Abtreibung hinweg, begegnet dem von Virginie sanft, freundlich, eine wohlwollende Geste von Mensch zu Mensch, die dem anderen die Last von der Seele nehmen möchte. Virginie versucht zu lächeln, aber sie merkt, dass es kein schöner Anblick ist.

Sie geht zurück zum Auto mit ebenso leeren Händen, wie sie es verlassen hat.

6.

Sie kommen an die Seine, passieren den Bezirk schnell auf der Uferstraße.

Die Französische Nationalbibliothek taucht etwas entfernt auf der anderen Seite des Flusses auf, der Sitz der Natixis-Bank, die Pariser Verkehrsbetriebe RATP, die gekachelte Brücke des Finanzministeriums. Sie fädeln sich in den Verkehr auf der A 4 ein, fahren zwischen dem Einkaufszentrum Bercy 2 und den Tony-Parker-Sporthallen hindurch. Links und rechts der Schnellstraße ragen die Bäume majestätisch empor. Aristide schaltet bereits runter, um von der Schnellstraße abzubiegen.

Mit ein und demselben Satz hatte sie ihn vor drei Wochen davon in Kenntnis gesetzt, dass sie schwanger war und dass sie abtreiben lassen würde. Sie hatte ihm die beiden Informationen gleichzeitig gegeben, damit er gar nicht erst auf falsche Gedanken kam. Sie hatte einen Fehler begangen, den sie wiedergutmachen würde. Der Embryo würde in die Ursuppe zurückkehren, aus der er kaum aufgetaucht war. Sie verlangte nichts von ihm. Sie hatte ihre Pille ein Mal abends vergessen und erst am nächsten Morgen genommen. Es war ihre Schuld, wirklich, sie verlangte nichts von ihm.

Doch dann, in den folgenden Tagen, war etwas passiert, das sie nicht hatte vorhersehen können. Aristides Haltungsmuskulatur hatte nachgegeben. Ihr Kollege verdrängte beim Gehen plötzlich weniger Luft. Das Strahlen war aus seinem Gesicht gewichen. Er, der immer jegliches Schweigen niedergetrampelt hatte, zeigte sich auf einmal nicht mehr so redselig. Sein Humor schirmte ihn kaum noch ab, er hatte die Deckung heruntergenommen. Irgendwas klang falsch, war nicht mehr so lustig. Er stichelte weiter aus Gewohnheit, aber mit einer freudlosen Heiterkeit. Man hätte die Flügelschraube in seinem Rücken nehmen und sie ein paarmal herumdrehen mögen, um den Mechanismus wieder aufzuziehen. Da bot sie all ihre Energie auf, um die eigene Traurigkeit zu verbergen, zu Hause wie bei der Arbeit, konzentrierte sich ganz auf ihre Aufgaben, um so wenig wie möglich daran zu denken, obwohl sie immerzu daran dachte - abends beim Zubettgehen, nachts, wenn sie nicht schlafen konnte, morgens beim Aufstehen, unter der Dusche, bei der Streife, auf allen vieren mit Maxence auf dem Teppich, beim Wäscheaufhängen, wenn Thomas' Nummer oder die ihrer Mutter auf dem Display erschien, immerzu -, und dann war er, Aristide, es, der einknickte.

Sie hörten sofort auf, sich zu treffen, was ihn wütend machte. Er fühlte sich abserviert. Er war nur ein Trostpflaster gewesen, eine kleine Leckerei zwischendurch, eine Runde auf dem Karussell. Dann erwachte in ihm ein aufrichtiger und tiefer Schmerz. Er hatte die Nase voll von sich selbst, seinem eigenen Lärm, seinen abgedroschenen Sprüchen, seinem ewigen *¿Hola, qué tal?*, dieser sinnlosen Verschwendung von Lebenskraft und Energie, wie ein Clown, der es satthat, in Schuhgröße 126 herumzulaufen, Sklave seiner Bestimmung, seiner Substanzlosigkeit, erschöpft von der andauernden, grenzenlosen Selbstdarstellung. Mit einem Mal schien er zu empfinden, wie leer, wie unbedeutend sein Leben war und immer sein würde. Dabei war Virginie schwanger von ihm. Dazu war er in der Lage, er, das Großmaul vom Dienst, konnte ein Wesen aus Fleisch und Blut zeugen. Er, der muskelbepackte kleine Wichser, war fähig gewesen, etwas Solides und Dauerhaftes anzustoßen, einen Grund zu leben, ohne dass er ihn gesucht hätte, aber Virginie nahm ihn ihm sofort wieder weg.

Er ahnte verschwommen, dass da etwas war, was ihm bis an sein Lebensende den Schlaf rauben könnte.

Also begann er instinktiv um sie herumzuschleichen, suchte mutig nach den Worten, die sie aufhalten würden, um Zeit zu gewinnen, damit sie ihre Entscheidung herausschob, noch einmal überdachte. Eines Tages passte er sie bei den Garderobenschränken ab. Er sagte ihr, dass er unglücklich sei, dass es vielleicht eine andere Lösung gäbe, dass sie zur Not einfach nur »mit ihrem Typen schlafen« müsste, dass sie »es jetzt noch irgendwie hinkriegen« könnte, so zu tun, als würde sie von ihm schwanger. Er hatte es hoffnungsvoll und mit Bedacht gesagt, überzeugt. Das Schlimmste war, dass er es auch glaubte. Er hatte es sich überlegt, voll Zuversicht, sein erbärmlicher Vorschlag könne genügen, um den Lauf der Dinge zu verändern. Für einen kurzen Augenblick war sie gerührt von seinem Kinderwunsch, von diesem naiven Trick, den er sich ausgedacht hatte, aber sie riss sich sofort wieder zusammen, um nicht den Halt zu verlieren. Das war also seine Patentlösung, um in einem Aufwasch das Problem der Vaterschaft und der Eifersucht abzuhaken. Er wollte gern der nicht weiter beachtete Samenspender sein? Er würde sich weder vor Sehnsucht verzehren noch einen Aufstand machen? Er würde ihnen das Kind ganz überlassen, keinerlei Rechte einfordern, es nicht jedes zweite oder dritte Wochenende zu sich nehmen wollen? Als er ihr Gesicht sah, fügte er mit einem Lächeln hinzu:

»Schließ einfach die Augen und denk an Frankreich, okay?«

Da sie nicht lachte, legte er nach:

»Hey, ich mach dir doch keinen Heiratsantrag, du brauchst mich deinen Eltern nicht vorzustellen.«

Nein, das stimmte, er hielt nicht um ihre Hand an. Es würde keine Zeremonie geben, keinen Brief des Paulus an die Korinther, keinen Sektempfang mit Gotan Project als Hintergrundmusik. Er hatte weder vor, sie in Schwierigkeiten zu bringen, noch, sie glücklich zu machen. Er wusste nur zu gut, dass er nicht der Mann fürs Alltägliche war, dass man mit einem Typen wie ihm keinen Weihnachtsbaum schmückte und sich schlecht vorstellen konnte, wie er seine Krankschreibung einreichte, weil das Kind zu Hause Schnupfen hatte.

Er war nur ein armer Wicht, der wollte, dass sein Erbgut überlebte.

Sie wusste nicht, was sie ihm antworten sollte, so

hoffnungslos dämlich war das. Sie sah ihn an, wie man in einen Abgrund blickt, der einen unwiderstehlich anzieht. Sie sah ihn an und dachte an den Fötus, der ihm ähneln würde, wenn er weiter wuchs. Kurz war sie versucht, ihm das Leben zu erklären: die Koliken, das Spucken, dass sie sich von der ersten Schwangerschaft, die gerade hinter ihr lag, noch nicht erholt hatte, dass sie bereits ein Kind, einen Partner, Schwiegereltern hatte und nicht die geringste Lust, schon wieder in Beschlag genommen zu werden, deformiert, okkupiert, von Übelkeit geplagt und auf Eisen-, Kalzium- und Phosphorwerte untersucht. Sie würde sich nicht durch eine Schwangerschaft nach der anderen auslaugen lassen, sie hatten eine Wohnung gekauft, ihr fehlten zwei Jahre Schlaf, und sie wollte nicht schon wieder Netzunterhosen vollbluten und Stilleinlagen im BH tragen. Aber da sie ahnte, dass er ihren Argumenten gar nicht widersprechen würde, sparte sie sich ihre Erklärungen.

»Du weißt nicht, was du da sagst«, erwiderte sie stattdessen ruhig und mit der grenzenlosen Nachsicht derer, die Kinder haben, gegenüber jenen, die keine haben. »Du hast keinen Schimmer, wovon du redest«, betonte sie noch einmal, um die Diskussion im Keim zu ersticken.

Sie bereute es, ihm von der Schwangerschaft erzählt zu haben. Sie bereute es, mit diesem Mann geschlafen zu haben. Manchmal nahm sie es sich übel, dass sie nicht mehr mit ihm sprach, ihn nicht mehr wollte. Sie fand sich grausam. Aber sie wusste, dass es richtig war, die Sache zu beenden, es war alles viel zu schnell gegangen.

7.

Der schwarze Asphalt wird von einem edleren ockerfarbenen Straßenbelag abgelöst. Ein lauer Wind trägt bereits die ungesunden Ausdünstungen des Brandes zu ihnen herüber, den Gestank nach verkohltem Holz, Plastik, Gummi und Tränengas. Das Abschiebungszentrum ist noch im Wald verborgen, aber am Himmel über den Bäumen sehen sie einen roten Widerschein. Links, hinter der Kurve taucht das Glasdach der Pferderennbahn auf. Die Redoute de Gravelle ist gleich rechter Hand, umgeben von einem Reitweg aus feinem Sand. Durch eine provisorische Absperrung, die im Laufe des Tages errichtet wurde, gelangen sie auf das Gelände. Das kleine alte Fort dürfte das einzige solide Bauwerk dieses Abschiebegefängnisses sein, in dem Hunderte Ausländer ohne Aufenthaltsgenehmigung festsitzen und auf ihre Zwangsausweisung warten. Darum herum scharen sich alle möglichen Baracken, behelfsmäßige Erweiterungsbauten, irgendwie übereinandergestapelte Container. Die Anlage umgibt eine Freifläche, die zugleich als Parkplatz und Sammelpunkt dient.

Aristide steuert im Schritttempo zwischen den Polizeiautos, Gefangenentransportern und Löschfahrzeugen hindurch. Die Tiere der Hundestaffel, deren Zwinger neben der Haftanstalt liegt, jaulen vor Angst in ihren Käfigen. Unter einem Regen aus Asche und Ruß werden die Insassen evakuiert, eine Atmosphäre wie zum Weltuntergang. Der am Nachmittag gemeldete Brand will einfach nicht ausgehen. Nachdem man ihn nicht sorgfältig gelöscht hatte, loderte das Feuer noch heftiger wieder auf. Vor ihren Augen, ein paar Dutzend Meter entfernt, nährt ein ganzer Flügel der Einrichtung die größte Flamme. Geborstene Fenster und Türen erbrechen träge Schwaden schwarzen Rauchs. Im Scheinwerferlicht sehen sie die bestürzten Gesichter von Aufsehern im Laufschritt, von Männern in Schutzanzügen mit Sauerstoffflaschen auf dem Rücken.

»Wo soll man sich hier anmelden?«, fragt Virginie.

Die Frage hallt seltsam im Wagen wider.

»In einem der Container da drüben rechts«, informiert Érik sie zerstreut.

Das Gebäude vor ihnen fasziniert sie. Vom Feuer gesäubert, offenbart es die intimen Linien seines Skeletts, die ursprüngliche Skizze des Architekten auf seinem Reißbrett.

»Ich gehe hin«, verkündet Virginie.

Es drängt sie, auszusteigen, trotz der Atmosphäre von Notstand und Gefahr. Sie erstickt bereits an Aristides erzwungener Nähe, an seiner Anwesenheit, die Schuldgefühle in ihr weckt.

»Ich parke und komme dann nach«, sagt Aristide.

Sie hat kaum einen Fuß auf den Boden gesetzt, da

haut die Hitze sie fast um. Die von Gasen geschwängerte Luft trocknet ihren Mund aus. Schnell überquert sie den Platz, um ein paar Sekunden Zeit ohne Aristide zu gewinnen. Sie erreicht die Container neben der steinernen Redoute. Der mit winzigen, vom Feuer herübergetriebenen Glutflöckchen übersäte Schotter glitzert im Dunkeln. Sie steigt über Feuerwehrschläuche, die unter dem Wasserdruck zittern, folgt ihnen mit dem Blick bis zum Brandherd. In etwa hundert Meter Entfernung sieht sie die Silhouetten der Häftlinge, die sich wie Scherenschnitte gegen die Flammen abheben. Die Menschenkette kommt ruckweise voran. Das energische Bellen der Hunde lässt an eine störrische, stolpernde Ziegenherde denken, die sich nur unter Drohungen fortbewegt. Die Wachen sind im Einsatz, um die Gefängnisinsassen über einen Hof von einem Gebäude ins andere zu verlegen.

Virginie verläuft sich zwischen den Containern, steigt eine zwischen Baubaracken eingeklemmte Metalltreppe hoch, fragt einen Aufseher nach dem Weg, geht wieder hinunter. Über drei Stufen betritt sie ein anderes Gebäude mit vergitterten Fenstern. Männer warten auf Bänken zu beiden Seiten im leichten Flimmern der Neonröhren. Sofort fühlt sie sich beklommen, als würde die Luft um sie herum gerinnen. Die Haftanstalt steht in Flammen, aber die Verwaltung schiebt weiter ab. Es brennt, aber man pickt sie trotzdem heraus, organisiert einen Flug. Sie meldet sich bei dem Beamten am Schalter ganz hinten im Raum.

»Danke, dass du gekommen bist«, sagt er mit einem unvermittelten Lächeln. »Wir haben dich schon erwartet.«

Der Mann ist blass und so blond, dass seine Haare fast weiß aussehen. Gemächlich presst er den Druckknopf seines Kulis auf den Tresen, damit die Mine herausspringt, und notiert dann mit dem Phlegma eines dicken Katers etwas in seinem Register.

»Bei euch ist ja was los heute«, bemerkt Virginie. »Wie ist das Feuer ausgebrochen?«

»Ein Matratzenbrand.«

»Weiter nichts?«

»Wenn man's richtig anstellt ... Die kommen auf die wildesten Ideen! Manche verschlucken Feuerzeuge oder Geldstücke, andere zünden die Bude an, jeder hat da so seine Methode.«

»Und meiner, wie ist der?«

»Supernett«, sagt der Mann mit gespielter Begeisterung. »Ein Tadschike. Tipptopp.«

Virginie lächelt.

»Wir haben ihn vor einer halben Stunde rausgeholt. Er hat keinen Ärger gemacht. Er war im richtigen Gebäude, als der Brand ausbrach, hat Glück gehabt. Es gibt nur einen Feuerlöscher pro Haus. Wir haben sowieso gar nichts hier, keine Sicherheitsschleuse, kein Werkzeug ...«

Virginies Telefon vibriert in ihrer Tasche. Sie sieht auf das Display: Aristide versucht sie zu erreichen, bestimmt hat er sich zwischen den Baracken verirrt.

»Bis die Feuerwehr heute Nachmittag angerückt ist, haben ein paar meiner Kollegen den Drahtzaun um den Hof mit einem Bolzenschneider bearbeitet. Das ist das einzige Schneidewerkzeug, das wir hier haben, eine Zange von zwanzig Kilo! Sie mussten sich abwechseln, weil das Ding so schwer war. Für Maschendraht, wie gesagt. Sie haben die einzelnen Waben aufgeschnitten, um einen Durchgang zu schaffen, sonst wären die Häftlinge nicht aus dem Hof rausgekommen, die saßen wie die Ratten in der Falle. Sie wurden dann in denselben Flügel verlegt wie die Transen und die Homos, das einzige Gebäude, in dem noch Platz war, aber später musste man sie da wieder rausholen, sonst hätte es Mord und Totschlag gegeben. Das riecht hier schon seit heute Morgen nach Krawall. Na, ich hör mal lieber auf, dir mein Leben zu erzählen, sonst verlangst du nachher noch Geld von mir ... Es ist der da mit dem blauen Pulli.«

Er zeigt ihr einen dunkelhaarigen Mann mit Rucksack auf einer der Bänke. Virginie stellt erleichtert fest, dass er nicht besonders kräftig aussieht. Er trägt billige Jeans und Turnschuhe, hat die Ellbogen auf die Oberschenkel gestützt und den Kopf in den Händen vergraben. Bei einer Kontrolle an der Gare de Lyon hätte sie ihn ganz sicher rausgefischt. Inzwischen erkennt sie sie, diese unauffälligen Typen, Illegale mit hundert Gesichtern, die in der Menge untergehen und sich bemühen, niemanden anzusehen, damit es so bleibt.

»Er hat seine Wertsachen und seine Papiere schon ausgehändigt bekommen.«

Der Tadschike wirft ihnen einen verstohlenen Blick zu.

»Ist er gesund?«, fragt Virginie.

»Wenn er nicht noch eine Flasche Shampoo runtergekippt hat, bevor wir ihn rausgeholt haben ...«

»Wurde er durchsucht?«

»Er ist sauber. Hier, das ist für die Rückführungseinheit in Roissy.«

Er reicht ihr einen großen, versiegelten braunen Umschlag. Außen ist ein Dienstbefehl angeheftet mit den Daten eines Fluges nach Istanbul. Der Beamte kommt hinter seinem Schalter hervor, bringt sie zu dem Gefangenen, als wolle er sie einander vorstellen.

»Wissen Sie, wo Sie hingehen?«, fragt er den Mann, der sich aufgerichtet hat.

Der Tadschike verzieht keine Miene, sein Blick ist erloschen. Er hat südrussische Züge, Wangenknochen wie ein Apache, sehr schwarze Augenbrauen.

»Er versteht nichts«, informiert der Beamte sie. »Wissen Sie, wo Sie hingehen?«, fragt er noch einmal lauter. »Sie werden zum Flughafen gebracht, dort nehmen Sie eine Maschine in die Türkei. In Istanbul steigen Sie um und fliegen weiter nach Tadschikistan. Möchten Sie Einspruch erheben? Nein? Gut.«

»Wir werden Ihnen Handschellen anlegen für den Weg«, sagt Virginie und bedeutet ihm, aufzustehen.

Sie streckt ihre überkreuzten Arme vor. Der Mann ahmt ihre Geste nach wie ein Spiegelbild, hält ihr die Handgelenke hin. Sie fesselt ihm die Hände vorn, anstatt hinter dem Rücken, damit er im Auto besser sitzen kann. Sie nimmt seinen winzigen Rucksack, grüßt und fasst den Mann am Arm. Er ist so mager, dass sie durch den Pullover seine Knochen spürt.

8.

Sie treten hinaus in den heißen, scharfen Brandgeruch. Eine Frau mit zerzaustem Haar erkennt den Gefangenen auf dem Treppenabsatz und hebt die Hand, um sie aufzuhalten.

»Sie bringen ihn nicht zum Flughafen, hoffe ich?«

»Doch«, sagt Virginie.

»Machen Sie Witze? Wir haben heute den Europäischen Gerichtshof für Menschenrechte angerufen, um die Ausweisung zu verhindern. Wir rechnen jede Minute mit einer Antwort. Spätestens morgen früh.« Die Frau klimpert aufgeregt mit den Lidern. »Die haben es wohl eilig, wollen so schnell wie möglich abschieben, wie? Habt ihr Angst vor der Antwort?«

»Ich weiß überhaupt nichts davon!«

Die Frau wirkt völlig überfordert von der Situation, den Schreien, der Verlegung der Häftlinge, diesem unerwarteten Abtransport. Virginie nimmt an, dass sie es mit einer Sozialhelferin zu tun hat, einer von diesen besessenen, pedantischen Alten, die die Gerichte mit Einsprüchen und Beschwerden überhäufen.

»Wirklich einen tollen Beruf haben Sie da!«, wirft die Frau ihr entrüstet hin.

»Ja, das ist mein Job, einer muss ihn ja machen. Und Sie?«

»Ich arbeite hier in der Einrichtung, für die ASSFAM.«

Sie erklärt Virginie nicht, was die ASSFAM ist, als wäre es selbstverständlich. Ihr Blick zieht jetzt Diagonalen über das Gelände.

»Wieso wird er nicht von der üblichen Begleitschutzeinheit abgeholt?«, fragt sie, auf der Suche nach einer Schwachstelle.

»Wir gehören zum 12. Arrondissement, man hat uns wegen des Brandes als Verstärkung angefordert.«

Virginie und die Frau mustern einander, jede in ihrer Rolle. Die eine in ihrer Polizeiuniform, die Waffe griffbereit an der Seite, die Frisur straff zurückgesteckt, die andere in weißer Bluse, mit welkem Hals, verstrubbeltem Haar und feinen Creolen in den Ohren. Virginie kann ihr nicht wirklich böse sein. Die Abschiebung dieses Mannes scheint der Gnadenstoß zu sein, der sie endgültig zur Strecke bringt. Die Frau beginnt auf die Polizei zu schimpfen, doch dann bemerkt sie wohl etwas in Virginies Miene, das sie verstummen lässt. Sie hält inne, schüttelt resigniert den Kopf.

»Asomidin Tohirov, so heißt er, Asomidin Tohirov. Er hat die Entführung von Arbeitern in Tadschikistan aufgedeckt, die verbreitete Praxis von Zwangsarbeit auf russischen Baustellen. Er war selbst davon betroffen. Er wurde entführt, zum Arbeiten auf eine Baustelle geschickt, aber er konnte zurück in seine Heimat fliehen.«

Virginie weiß, dass sie dieser Frau nicht zuhören sollte. Das Gespräch hat schon zu lange gedauert. Das Mobiltelefon klingelt und klingelt in ihrer Tasche.

»Es ist Sklaverei, ein Mafia-Handel, wenn Sie so wollen, in den viele Leute verwickelt sind. Als er der Presse davon erzählte, hat die tadschikische Polizei ihn sofort verhaftet. Man hat ihn mehrere Tage lang gefoltert. Nur durch ein Wunder ist er dort lebend wieder herausgekommen. Es gelang ihm erneut, zu fliehen, über die Grenze nach Russland zu kommen. Er hat ganz Europa durchquert, zu Fuß, mit dem Bus, im Taxi, im Zug, im Lastwagen ...« Sie hält inne, schluckt. »Er sollte nicht zurückgehen. Wir haben einen Antrag gestellt, der abgewiesen wurde. Das Verfahren ist ungünstig gelaufen. Beim OFPRA haben sie ihm nicht geglaubt. Wir sind vor den CNDA in Revision gegangen, da haben sie ihm auch nicht geglaubt.«

Sie haut Virginie die Kürzel um die Ohren, lächelt dabei ein wenig irr.

»Den werden sie sich schnappen bei seiner Rückkehr.«

Sie richtet einen Finger auf Virginie, dann auf den Mann, weiß nicht weiter.

»Sie hätten ihn besser in seiner Zelle verbrennen lassen, das wäre weniger verlogen gewesen. Wenn er in sein Land zurückkehrt, werden sie ihn umbringen, genau wie seinen Vater.«

Die Frau drückt dem Gefangenen die Schulter und macht sich unvermittelt davon. Vielleicht ist sie an diese Zerrissenheit gewöhnt.

»Warten Sie ...«, sagt Virginie.

»Worauf?«, fragt die Frau im Weggehen.

Die Tür des Containers schließt sich leise hinter ihr.

Betroffen sucht Virginie die Augen des Mannes, den sie noch immer am Arm hält, um das Urteil bestätigt zu finden oder wenigstens zu erfahren, ob er verstanden hat. Aber sein Blick weicht ihr aus, bleibt im Nichts hängen, mit dem abwesenden und starren Ausdruck eines Menschen, der innerlich schon abgestorben ist.

Virginie bringt ihn auf die Freifläche. Aristide hat in der Nähe der Container geparkt. Érik steigt aus, um die Tür zu öffnen und den Gefangenen auf die Rückbank zu setzen.

»Wo warst du?«, fragt Aristide genervt. »Ich hab dich überall gesucht ... Ein echtes Labyrinth, diese Scheiße hier. Hast du nicht gesehen, dass ich versucht habe, dich anzurufen?«

Sie geht um den Wagen herum, legt den Rucksack in den Kofferraum, setzt sich auf ihren Platz. Érik zieht am Gurt, um den Mann anzuschnallen, lässt ihn weit genug heraus, dass Virginie ihn an ihrer Seite einhaken kann.

»Na!«, wirft Aristide, der sich auf seinem Sitz umgedreht hat, dem Tadschiken hin. »Da haben wir dich wohl aus den Flammen gerettet, was? Bedank dich bloß nicht.«

Sie wenden, fahren los, lassen das Abschiebegefängnis, Rauch und Geschrei hinter sich und tauchen in die Frische unter den Bäumen ein.

Érik nimmt das Funkgerät, um bei der Einsatzleitstelle Bescheid zu sagen.

»TN12 von TV12 ... Person übernommen und im Fahrzeug.«

»Werfen wir ihn Charles-de-Gaulle ab?«, erkundigt sich Aristide.

»Genau.«

Das Laub schimmert phosphoreszierend im Licht der Laternen, die die Straße durch den Wald säumen.

9.

Sie hätte nicht so tun sollen, als würde es sie interessieren. Bei der Reitbahn, am Eingang für die Pferdebesitzer, hat sie sich schon wieder im Griff. Klar, unter anderen Umständen würde sie sich darüber aufregen, aber heute kann sie sich diesen Luxus nicht leisten. Sie biegen rechts ab auf die Route de la Ferme, fahren an den Ställen und der Gartenbauschule vorbei. Das Elend der Welt kann ihr mal den Buckel runterrutschen. Die ordentlich beschnittenen Bäume, die reibungslosen Verkehrskreisel, der tadellose Straßenbelag geben ihr das Gefühl, weit weg von Paris zu sein, obwohl sie sich noch immer im 12. Arrondissement befinden, am äußersten Rand des Bezirks. Auf dem Auto steht weder Sozialarbeiter noch Anwalt oder Krankenpfleger. Sondern Polizei.

Die ersten Häuser von Nogent-sur-Marne tauchen auf. Virginies Unterleib verkrampft sich, gefolgt von einem leisen Geräusch. Sie verzieht schmerzhaft das Gesicht. Eine Faust packt ihre Eingeweide und drückt sie zusammen. Nein, der Typ in Handschellen wird ihr

Mitgefühl heute nicht wecken, was sie beschäftigt, ist die Möglichkeit einer stillen und heimlichen Fehlgeburt. Vielleicht kommt das auch von dem Medikament, das sie in der Apotheke geschluckt hat. Sie erinnert sich nicht an den Namen und wagt nicht, die Schachteln aus der Tasche zu holen, um nachzusehen, welche noch übrig sind. War es das Antibiotikum? Sie ist sich nicht sicher. Von der Hebamme, mit der sie im Gynäkologischen Zentrum lange gesprochen hat, hat sie so viele Informationen bekommen, dass sie nicht mehr durchblickt. Ein Präparat soll verhindern, dass beim Absaugen Keime in den Uterus gelangen, ein anderes macht den Muttermund weich. »Er ist jetzt hart wie Ihre Nasenspitze und wird so weich wie Ihre Wange«, hatte die Hebamme gesagt und sich dabei ins Gesicht gefasst. Der Gefangene sieht zu ihr herüber. Was will er? Etwas fragen? Nein. Er muss ihre Unruhe neben sich gespürt haben. Wieder durchfährt ein Schmerz ihr Becken. Es fühlt sich an, als wäre sie dabei, langsam zu zerreißen. Es sei denn, die Krämpfe kommen aus ihrem Magen. Seit dem Mittag hat sie nichts gegessen, dabei sollten die Kapseln zusammen mit einer Mahlzeit eingenommen werden. Das Knie ihres Sitznachbarn beginnt nervös zu zittern. Was hat er jetzt auf einmal? Sie hatten ihr doch versichert, er sei ruhig! Seine Anwesenheit neben ihr wird plötzlich unerträglich. Als hätte er hier nichts verloren. Vielleicht war er ihr vorhin im Container doch lieber, als er den Blick gesenkt hielt. Sie sieht weg, versucht, die Verkehrsschilder zu lesen, die riesigen Werbetafeln, die sensationelle Schnäppchen anpreisen, die Straßennamen – Gabriel Péri, Général Faidherbe, Saint-Quentin. Die Hebamme hat ihr genau erklärt, wie der Eingriff abläuft, die Position mit angewinkelten Beinen, die Betäubung von knapp zehn Minuten, während der ein Spekulum in ihre Vagina eingeführt wird, gefolgt von einem Schlauch in der Größe des Embryos, höchstens so dick wie ihr Kugelschreiber, sagte sie. Der Inhalt der Gebärmutter würde abgesaugt werden, dann würde man einen »kleinen Ultraschall« machen, um zu überprüfen, ob auch wirklich alles draußen war, bevor sie auf einer Liege in den Aufwachraum gebracht würde. Virginie hatte gezögert, ehe sie fragte, was damit passieren würde. Das Absaugprodukt würde verbrannt werden, antwortete die Frau sofort, sie hatte mit dieser Frage offenbar schon gerechnet. Dann hatten sie über Verhütung gesprochen, über die achttausend Tabletten, die eine Frau im Laufe ihres gebärfähigen Lebens zu festen Zeiten schluckt, über die unvermeidlichen Pannen, das Schwangerschaftsrisiko in den sieben Tagen, nachdem man eine Pille vergessen hat, und den fünf Tagen davor. Wenn sie von Aristide sprach, sagte die Hebamme: »Ihr Gatte«, »Ihr Partner« und, mit einem spöttischen Lächeln, »der Mann, mit dem Sie diese fruchtbare Verbindung eingegangen sind«. Sie hatte alles so detailliert geschildert! Die Haube, die man ihr übers Haar ziehen würde, die Beinstützen des gynäkologischen OP-Tisches, das Frühstück, das sie anschließend bekommen würde, Brötchen und Marmelade ... Virginie war bewusst geworden, dass sie bisher nur eine sehr abstrakte Vorstellung des Vorgangs gehabt und in einem instinktiven Abwehrreflex vermieden hatte, überhaupt daran zu denken, um keine

Gefühle für ein imaginäres Kind aufkommen zu lassen, sich ihm in keiner Weise zu öffnen, Teilnahmslosigkeit vorzutäuschen, während sie von der Situation völlig überfordert war, die gesetzlich festgelegte Bedenkzeit am liebsten nicht beachtet und es so schnell wie möglich hinter sich gebracht hätte.

Die Krämpfe lassen nach, sobald sie sich auf etwas anderes konzentriert, doch das Auto ist jetzt zu schnell, sie kann der Landschaft nur noch Satzfetzen entreißen, zerstückelte Wörter. Ihr Sitznachbar beobachtet sie noch immer, das spürt sie. Wieder verkrampft sich ihr Unterleib, als würde der Muttermund sich bereits öffnen, der Schmerz strahlt bis in Nacken und Schultern aus. Ab Mitternacht muss sie nüchtern bleiben, darf weder essen noch trinken, weder rauchen noch Kaugummi kauen, noch dem Tadschiken in die Augen sehen, einfach nichts mehr tun, was die Bildung von Magensäure anregt. Sie konzentriert sich auf ihre Atmung, schielt nur ab und zu verstohlen auf die schlaff herabhängenden gefesselten Hände des Mannes am Rand ihres Gesichtsfeldes, deren hervortretende Sehnen unheimliche Schatten werfen. Sie sind so mager, dass sie aussehen wie zwei mit Bändern überzogene Knorpel. Sie holt tief Luft, richtet sich auf, liest mechanisch das an den Umschlag geheftete Routing mit den Flugdaten von Air France. Sie entwickelt ein plötzliches Interesse für dieses Dokument, studiert es mehrmals aufmerksam. Lesen beruhigt sie, wie sie feststellt. Die Straßenbeleuchtung reicht kaum aus, sie muss sich das Papier dicht vor die Augen halten. Der Mann neben ihr sieht, wie sie das Kuvert ein paarmal hintereinander hochhebt. Er fragt sich sicher, was sie da tut. Sie schiebt einen Finger unter die selbstklebende Lasche, die sich sofort löst. Das ist Mist, denkt sie. Es schließt nicht richtig, es hält nicht, es ist Ramsch, wie der ganze Rest. Wenn man ihr Vorwürfe macht, braucht sie sich nur dumm zu stellen. Sie ist nicht befugt, die Akte zu lesen, aber sie muss es auch nicht unbedingt wissen, da sie ja nicht im Überführungsdienst arbeitet. Sie weiß, dass sie den Umschlag nicht öffnen sollte, sie wusste es von Anfang an.

10.

Das dicke braune Kuvert enthält den Passierschein, die Transit-Genehmigung für die Türkei, außerdem die Verfahrensunterlagen, die Vorladung zur Ausländerbehörde OFPRA, die Aufnahme des Asylantrags, den Ablehnungsbescheid des OFPRA und des Berufungsgerichts, den Abschiebebescheid.

Im Schimmer ihres Handydisplays überfliegt Virginie die knappen Darstellungen des Sachverhalts, die diese Seiten enthalten.

Ihr Blick huscht von Satz zu Satz, sie liest zuerst, ohne zu verstehen.

Dann lassen die Erklärungen der ASSFAM-Mitarbeiterin die Worte nach und nach verständlich werden. Sie blättert zurück, liest erneut, um sicher zu sein.

Sie hält Érik den Ablehnungsbescheid hin.

»Warum hast du den Umschlag geöffnet?«

»Was willst du, bist du von der Polizei?« Es soll scherzhaft klingen.

»Steht dein Name drauf? Nein, also lässt du ihn zu.«

»Er war schon halb offen.«

Érik betrachtet das Kuvert in der trüben Beleuchtung, inspiziert die Lasche.

»Das hier wurde aufgerissen.«

»Lies.«

Er studiert den Ablehnungsbescheid, dem ein kurzer Lebensbericht vorangeht.

»Hast du verstanden oder nicht?«, fragt Virginie, erstaunt darüber, wie schnell er ihr das Blatt zurückgibt.

»Ja.«

»Und?«

»Das ist Geschwätz. So eine Geschichte bekommst du in Barbès für fünfunddreißig Euro.«

»Ich glaube nicht, dass er die gekauft hat. Zu viele Details.«

Sie nimmt das Blatt wieder an sich, verärgert über Ériks Misstrauen. Der Mann sagt, er werde wegen Störung der öffentlichen Ordnung von den Agenten der Staatssicherheit gesucht. Er behauptet, man habe ihn verhaftet, in ein Auto geworfen, mit Handschellen gefesselt, in einen Keller gesperrt und mehrere Tage lang gefoltert. Er spricht von vermummten Männern, die zu jeder Tages- und Nachtzeit in Dreier- oder Vierergruppen auftauchten, um ihn mit Fäusten und Schlagstöcken zu verprügeln, mit Füßen zu treten, zu bespucken.

»In der Abschiebeeinrichtung war eine Frau, die seine Akte kannte. Er hat einen Menschenhändlerring angezeigt.«

Sie liest laut:

»Sie haben mich mit Eisendraht gefesselt und vierundzwanzig Stunden lang mit Elektroschocks gefoltert. Damals rauchte ich, ich hatte Zigaretten. Als sie müde

waren, fragten sie mich, ob ich mich ausruhen wolle, ob ich rauchen wolle, ich habe ja gesagt, sie haben mir eine Gasmaske aufgesetzt, eine Zigarette gegeben und die Maske geschlossen, damit ich ersticke. Und weiter unten: *Der Arzt im Krankenhaus hatte Angst, weil er meine Aussagen bestätigen musste.«*

An einer roten Ampel reicht sie Aristide das Dokument, aber der tut so, als wüsste er nicht, was er damit anfangen soll. Er hält es zwischen den Fingerspitzen wie einen schäbigen Papierfetzen, wirft einen Blick darauf, sieht die Worte »Angst«, »Elektroschock«, »Hämatome« und gibt Virginie das Blatt zurück.

»Ich kann nicht lesen.«

Der Mann gibt an, vor seinen Peinigern über die Grenze, dann nach Saratow und Rajsan bis Moskau geflohen zu sein. Von dort aus habe er sich auf den Weg nach Frankreich gemacht. Sie selbst weiß nicht, wo Tadschikistan liegt, aber er hat es geschafft, Frankreich zu finden, zu Fuß, mit dem Zug, dem Bus und in Lastwagen dort hinzugelangen, versteckt auf der Schlafpritsche im Führerhaus oder zusammengekauert zwischen der Ladung, dem Ersticken nah, ohne eine andere Hoffnung, als dass er Glück haben möge. Zwei Langstreckenflüge von jeweils knapp fünf Stunden werden ihn zurück zu seinem Ausgangspunkt bringen.

Die Ablehnung des OFPRA wird mit folgendem bürokratischen Satz begründet, sicher eine Standardformulierung, so aalglatt, wie sie dahinschnurrt: »Die nicht beweiskräftigen Dokumente, die der Betroffene zur Begründung seines Antrags vorgelegt hat, sowie seine ungenauen und allgemeinen Angaben bezüglich der Motive für seine Inhaftierung reichen nicht aus, um den vorgetragenen Sachverhalt festzustellen und die geäußerten Befürchtungen als fundiert erscheinen zu lassen.«

Und dann ist da noch dieser harmlose Brief, übersetzt von einem Verein zur Verteidigung der Menschenrechte, der Virginie den Rest gibt:

Sehr geehrter Herr Direktor,
ich möchte Ihnen zur Kenntnis bringen, welchen Verständigungsschwierigkeiten ich mich bei meiner Vorladung ausgesetzt sah. Ich weise darauf hin, dass ich darum gebeten hatte, in meiner Muttersprache Tadschikisch angehört zu werden. Der Dolmetscher des Gesprächs war Usbeke, was mir gleich bei den ersten Sätzen bewusst wurde und mich verunsicherte. Er beherrschte das Tadschikische nicht besonders gut, was mich daran hinderte, den Sinn der von dem Beamten an mich gerichteten Fragen genau zu erfassen. Manche Formulierungen und Ausdrücke verstand ich gar nicht. Ich habe auf Tadschikisch geantwortet, aber ich weiß nicht, wie er meine Antworten korrekt übersetzt haben soll.

Sie wollte es sehen, und das hat sie nun davon. Sie seufzt leise, lässt alle Luft aus ihren Lungen entweichen. Sie ist zur Polizei gegangen, weil ihr Vater Polizist war, weil sie die kumpelhafte Atmosphäre mochte, wenn seine Kollegen zum Abendessen zu ihnen nach Hause kamen, weil die Polizei eine große Familie ist, weil sie den Leuten helfen und Verbrecher jagen wollte.

Die Safeknacker, die Mörder und Mädchenschänder hat sie sich bald abgeschminkt. Sie hat sich damit abgefunden, dass ihr Alltag ein wenig heroisches Potpourri aus Melderegistereintragungen, Verkehrsbehinderungen durch Tiere, in der Vorschule vergessenen Kindern und Raufereien ist, aus besetzten Hauseingängen, Wohnwagendiebstählen, nächtlicher Ruhestörung, Beschwerden wegen Hundegebell, abgefahrenen Reifen, endlosen Unfallaufnahmen, Mondsüchtigen, Fehlalarmen, Lausbubenstreichen und Kleinganoven, die wieder auf freiem Fuß sind, ehe man das Protokoll fertig getippt hat. Es ist okay, dass sie die Mädchen für alles sind, die es am Ende richten müssen, wenn die Schule nicht mehr klarkommt, die Sozialarbeiter aufgeben, die Haumeister durchdrehen. Es ist okay, dass sie die Allzweckwaffe der Öffentlichen Ordnung sind, dass sie die Hierarchie mit den kleinen Wichtigtuern aller Couleur ertragen müssen, während ihre Aufgabe keine geringere ist, als das Meer umzupflügen. Es ist okay, dass sie beim Arbeiten kein Liedchen trällern, dass sie alle Probleme dieser Welt ungefiltert vor den Latz geknallt bekommen, dass sie mit gefrorenen Erbsen beschossen, mit faulen Eiern, Batterien und Boulekugeln beworfen werden. Sie hat sich an die maroden Dienstgebäude gewöhnt und daran, sich für ihren Beruf zu schämen, den sie vor ihren Nachbarn und den Eltern im Kindergarten geheim hält. Aber das hier heute Abend, das ist zu viel für sie. Die Situation in diesem Auto in dieser Nacht, auf dem Weg nach Roissy, ist nicht in Ordnung. Der Tod sitzt zwischen ihnen. Der Tod mit seiner Hundepeitsche. Der stinkende Tod.

»In diesen Akten steht alles Mögliche drin«, sagt Érik. »Wieso sollte man seine Ausweisung beschließen, wenn sicher ist, dass er zu Hause umgebracht wird? Überleg doch mal.«

»Es gab ein Problem bei seinem Verfahren.«

»Soso.«

»Das hat die Frau gesagt.«

11.

»Ich fahre schlecht, aber dafür schnell«, warnt Aristide, als er an der Steigung des Boulevard Strasbourg beschleunigt.

Er beklagt sich, dass sie den Renault erwischt haben, ausgerechnet heute, wo sie endlich mal ein bisschen Strecke vor sich haben. Er sucht nach einem Aufhänger für ein Gespräch, probiert es mit dem Ford Focus, den die Verwaltung zu seinem größten Bedauern nicht mehr anschafft.

»Ich weiß noch, was der für einen Sound hatte, da haben sich die Leute umgedreht. Der war einfach zuverlässiger, solider, und er hatte richtig was unter der Haube.«

»Es sind immer noch ein paar Mondeo unterwegs«, bemerkt Érik.

Für die beiden wäre es auch bequemer, nicht zu hinterfragen, was sie da gerade tun. Virginie begreift, warum die Umschläge zugeklebt sind. Ihren Inhalt nicht zu kennen erleichtert den Kollegen vom Grenzschutz die Arbeit. Man ist effektiver, wenn man nicht zu viel

Mitgefühl hat, die richtige Distanz wahrt. Emotionen stören nur und behindern die Durchführung.

»Ich will ja nichts sagen, aber er hat von Anfang an den Scheibenwischer gemacht, immer die Seitenlinie rauf und runter, dabei war das gesamte Mittelfeld frei«, kommentiert Aristide.

»Sie hatten einfach keine Alternative auf der Ersatzbank«, bekräftigt Érik. »Es gab nicht drei Optionen, auch nicht zwei, es gab nur eine, und das war Antoine Griezmann. Darum.«

Die Worte sind nur leere Hülsen ohne Bedeutung, die sie sich zuspielen. Sie checken, ja, klar, das ist ein Ding, die doppelte Strafe, sie managen das, ist schon okay, sie packen es an, machen ihren Job, ist ihnen recht, oder nicht, egal, ich will ja nur sagen, im Ernst, das reicht, das kostet dich eine Stange Geld, einen Haufen Kohle, wir müssen tanken, müssen vor allem Krach machen, das Schweigen mit Füllwörtern stopfen, die Zwischenräume zuspachteln, um eine Geräuschkulisse zu errichten, die alles übertönt. Aber es ist zu spät. Das Gespräch ist schon über den Tod gestolpert. Sie können sich nicht mehr so verhalten, als wüssten sie nichts. Können nicht mehr so tun, als würde das Gift des Zweifels sich nicht langsam ausbreiten. Im Wagen wird es still, während sie die Kuppe des Boulevard de Strasbourg erreichen – in der Ferne glänzen die Lichter von Neuilly-Plaisance, oder vielleicht sind es auch die von Neuilly-sur-Marne.

Sie dachte, sie würde es packen, Angeberin, ein Kind haben, einen Geliebten, abtreiben, weiterarbeiten, als wäre nichts. Doch sie fühlt sich nur immer ratloser und verzweifelter. Sie ist diejenige, die den Ärger anzieht. Es kann sich nur um einen kolossalen Irrtum handeln, ein Versehen wie so vieles, was sie den lieben langen Tag aufgetischt bekommt. Ich lasse meine Papiere immer zu Hause, aus Angst, sie könnten mir gestohlen werden. Es war nicht Rot, sondern Orange. Ich habe nicht telefoniert, ich habe nur meine Mailbox abgehört. Genau. Érik wird seinen Sitz zurückschieben und die Füße aufs Handschuhfach legen. Er wird Mentholbonbons und vergessene CDs in der Ablage finden. Sie könnten auf dem Weg an den Atlantik sein, wo ein paar Bekannte sie erwarteten. Strand-Kiefern und Dalida. Sie wären einfach nur drei Freunde, die gut gelaunt ans Meer fahren. Wenn auf dem Auto nicht Polizei stünde.

12.

Linker Hand vor der Brücke von Nogent-le-Perreux taucht ein DIA-Supermarkt auf. Der Anblick des Discounters zusammen mit Aristides rauem Nacken unter der Kopfstütze vor ihr lässt sie wieder an die Wohnung denken.

Virginie versteht nicht, wie er sie so ganz ohne Vorwarnung dorthin einladen konnte. Sie hatte sich für ihn geschämt, hatte sich plötzlich gefragt, was sie dort sollte. Fast hätte sie auf der Stelle kehrtgemacht, als ob allein diese Einrichtung ihr entgegenschrie, in was sie sich da hineinlavierte. Dass sie Ehebruch beging in all seiner Erbärmlichkeit. Noch nie in ihrem Leben hatte sie eine tristere und unbehaglichere Bleibe gesehen. Der Hausflur hätte ihr eine Warnung sein müssen: schwarze Feng-Shui-Kiesel in der Eingangshalle, schalldichte Flure mit Bewegungsmeldern statt Lichtschaltern, wie in manchen Hotels. Ein als Geldanlage errichteter Neubau, in dem die Deckenhöhe exakt dem vorgeschriebenen Mindestmaß entspricht.

Aristides Zuhause: eine geflieste Zweiraumwohnung,

in die sich ein paar Einrichtungsgegenstände verirrt hatten - kunststoffbeschichtete Rollcontainer, Billy-Regale, eine buntgemusterte Djembé, Mini-Stereoanlage, CD-Turm aus schwarzem Plastik -, mit Holzimitat-Küche, in der nicht gekocht wurde - Elektrokochplatten, Gefrierschrank, Fischstäbchen - und einer Duschkabine, wo er sich mit Shampoo wusch, wenn die Seife mal wieder alle war. Hier und da ein paar Umzugskartons, die seit zwei Jahren verstaubten, das Ganze getaucht in den anheimelnden Schein von Energiesparglühbirnen. Weder Tee noch Kaffee in den Schränken. Eine neue, schlecht belüftete und dermaßen geräuschisolierte Wohnung, dass die Nachbarn überhaupt nicht mehr existierten.

Als sie sie betrat, fühlte Virginie sich so indiskret, als wäre sie in Aristides Seele eingedrungen. Sie fand seine Schwäche bestätigt: Er wusste nicht, wer er war. Der Ort, an dem er lebte, riss zwischen ihnen einen Graben auf, so tief, als trennten sie gegensätzliche politische Ansichten oder ein zu großer Altersunterschied. In jenem Moment hatte sie die Gewissheit, dass sie niemals zusammen sein würden, dass sie ihn nicht wirklich lieben könnte, der Abstand war einfach zu groß. Mit der nüchternen Distanz eines Insektenforschers gab sie sich der Beobachtung hin, um bloß nicht die Kontrolle zu verlieren, sich wie immer im Griff zu haben. Das war dumm von ihr, wusste sie doch ohnehin, was passieren würde, und anstatt sich das Beste davon zu nehmen, da sie ihm nun schon einmal hierher gefolgt war, sträubte sie sich noch und verdarb sich selbst den Spaß, wie üblich.

Aristide musste sich erst ausziehen, damit die Wohnung wieder Farbe bekam. Seine Männlichkeit strahlte heller als die 18W=75W-Fluocompakt-Birnen. Das war gleich etwas ganz anderes, wenn er sich ihr so zeigte, splitternackt und ungezwungen, mit einer strammen Dauerlatte, wie ein Griff, um ihn daran zu packen. Virginie lief allein bei seinem Anblick das Wasser im Mund zusammen. Sie lachte über seine Ungeniertheit, war endlich bereit, lockerzulassen, geblendet von diesem schönen Sterblichen mit den definierten, geschmeidigen Muskeln, die sie einzeln hätte studieren und benennen können wie bei einem Anatomiemodell. Dort der große Brustmuskel und der Latissimus. Hier die Delta-Stränge, die die Schulter umgeben, um ihre Rotation zu ermöglichen. Weiter unten die beiden Gesäßmuskeln, um sie besser zu betören. Oberschenkel und Waden aus Stein, um sie endgültig zu verwirren. Selbst seine starken, breiten, geäderten Füße beeindruckten sie. Er war zu schön, um wahr zu sein. Wie könnte sie da Nein sagen, wenn sie ihn denn überhaupt verdient hatte. Doch er ließ ihr keine Zeit, darüber nachzudenken. Er fasste sie um die Taille und streichelte sie sacht zwischen den Brüsten. Und mit einem Mal hörte Aristide auf, der gut aussehende Typ aus einem Hochglanzmagazin zu sein, ein Abziehbild, Aristide hatte einen Geruch, er war aus Fleisch und Blut, sie sah seine Haut, die spröde war und voller Unebenheiten. Als er sie in die Arme schloss, schmolz sie dahin, sie wollte ihn so, wie er war, genauso albern, unreif, schamlos und immer darauf aus, sich als ein anderer auszugeben. Seine breiten Hände zerfurchten sie, öffneten sie, raubten ihr den Verstand. Mit brennenden Lippen, die Hände in seine Haare verkrallt, sah sie sich selbst dabei zu, wie sie mit diesem Mann schlief, zwang sich zu der Feststellung, um hinterher sicher zu sein, dass es wirklich geschehen war. Dann endlich ließ sie sich fallen in einen berauschenden, atemlosen Höhepunkt, und während er auf die Seite sank, erklärte sie lächelnd, wie eine Stoffpuppe in seinen Armen, sie werde ihn wegen tätlichen Angriffs auf Vollstreckungsbeamte verklagen.

13.

Bei der Ortseinfahrt von Perreux-sur-Marne, auf der Höhe des Restaurants Maryland, versucht Aristide noch einmal, das Schweigen zu brechen. Er positioniert den Rückspiegel so, dass er sie sehen kann.

»Alles gut?«

»Alles gut.«

»Klingt nicht sehr überzeugend.«

»Ich bin müde.«

»Du solltest eine Kupferkur machen.«

Wenn sie nur zu zweit wären, würde er nicht wagen, sie mit seinen Gesundheitstipps zu belämmern. Er behauptet, er sei auch todmüde, verlangt Aufmerksamkeit unter dem Vorwand, man müsse ihn wach halten.

»Erzähl mal, wie war dein Tag?«, fragt er schmeichelnd.

Sie wirft ihm einen finsteren Blick zu, dermaßen genervt, dass sie keinen Ton herausbringt. Das fragt er allen Ernstes an einem Tag wie diesem?

»Willst du nicht?«

Er lässt nicht locker.

»Es war ein Scheißtag. Érik kennt ihn schon.«

»Man soll den Tag nicht vor dem Abend verfluchen.«

Also wenn dieser Typ kein Sadist ist, dann weiß sie auch nicht.

»Schaffst du es, zwei Dinge auf einmal zu tun? Kannst du mir zuhören, während du fährst?«

»Ich fahre nicht, ich fliege.«

Erst schweigt sie, dann zwingt sie sich zu sprechen, um ihm eins auszuwischen.

»Wir waren bei der Rauferei vor dem Léo-Lagrange.«

Er musste im Polizeifunk davon gehört haben: eine Riesenprügelei am Nachmittag vor dem Stadion, nach einem Freundschaftsspiel, das aus dem Ruder gelaufen war. Es bereitet ihr ein boshaftes Vergnügen, ihm von diesem Einsatz zu erzählen, zu dem man eine Schwangere normalerweise niemals abkommandieren würde. Ein heilloses Chaos aus Handgemenge und Geschrei, wüstem, anarchischen Zweikampf, fiesen oder lächerlichen Schlägen. Der Blick findet keinen Halt, erhascht in dem Gewühl nur vereinzelte Momentaufnahmen: Ein junger Mann mit blutüberströmtem Gesicht drischt auf einen anderen ein wie auf einen Boxsack; ein Typ in Polyestershorts kriecht würgend auf allen vieren; ein anderer verfolgt ein Mädchen, schleudert seinen Fuß vor, um sie im hohen Bogen fliegen zu lassen; ein Junge brüllt und schwankt zur Seite, die Hände auf die Nase gepresst. Die Angriffe endeten auf dem Boden, wo man sich umklammert hielt und aufeinander einschlug. Das Knäuel der Kämpfenden dehnte sich aus und zog sich dann wieder um das Epizentrum zusammen, als folge es einem eigenen pulsierenden Herzschlag. Das Ganze unter einer senkrechten herabbrennenden Sonne.

»Die Nummer bringst du jedenfalls nicht noch mal«, warnt Érik sie.

»Was ist passiert?«, will Aristide wissen.

»Pff, am Anfang hat sie den Jungs zugeschaut, wie sie sich prügelten. Als wollte sie sich nicht einmischen, was, Virg?«

»Du hattest wohl Angst, dir Laufmaschen zu holen?«

Sie hatte nicht gewusst, wo sie anfangen sollte, das stimmt. Sie war unentschlossen am Rand stehen geblieben, gelähmt von dem Schauspiel, unfähig, die Angreifer von den Opfern zu unterscheiden, und hatte nicht die falschen Personen erwischen wollen. Ihre Mannschaft war nicht allein, zwei weitere waren zur Unterstützung gekommen, und doch hatte sie ein paar Sekunden am Rand dieser simplen Schlägerei dagestanden, wie zur Salzsäule erstarrt, inmitten der Gerüche nach gemähtem Gras und warmem Asphalt, vielleicht aus einem Beschützerinstinkt heraus, vollkommen gedanken- und teilnahmslos. Der Kampf wirkte wie verlangsamt durch die Hitze. Sie hatte sich dabei ertappt, wie sie die von Salzkrusten gestreiften T-Shirts betrachtete, den Kranz aus Schweißperlen, den ein langhaariger junger Mann verspritzte, als er den Kopf herumwarf. Ihre Kollegen hatten sich sofort ins Getümmel gestürzt. Sie hatten natürlich recht, man musste erst einmal die Situation unter Kontrolle bringen, diskutieren konnte man später. Dann dieser seltsame Anblick von Érik, der, während er einen jungen Mann im Schwitzkasten hatte, seinen

Blick zu ihr hob und kurz innehielt, um sie freundlich zu fragen:

»Was ist, hast du vor, uns zu helfen, oder nicht?«

Sie hatte dämlich genickt. Dann hatte sein Ton sich geändert und sie jäh wachgerüttelt:

»Du riegelst ab und haust jeden um, der sich bewegt!«

Sie hatte die Fäuste geballt, um sich ihrer Kraft wieder bewusst zu werden, und hatte sich dann ihrerseits in die Menge gestürzt, die Ellbogen nach vorn, um ihr Gesicht zu schützen. Keuchend und mit großer Mühe hatte sie die Kämpfenden getrennt, Schläge eingesteckt, von denen sie nicht wusste, woher sie kamen, und die ihre Schultern und Beine trafen. Sie hatte einen jungen Typen geschnappt und ihm fast den Arm ausgekugelt, um ihm Handschellen anzulegen. Dann war sie direkt auf einen dreißig Kilo schwereren Kerl losgegangen, den Kopf gesenkt, die Hände schützend ausgestreckt.

Hinterher hatte ihr Zögern sie beunruhigt. Sie hatte sich an einen Ausbilder erinnert, der ihnen nach einer Schießübung in den Straßenattrappen der Polizeischule in Nîmes gesagt hatte: »In der Truppe sind die jungen Rekrutinnen am gefährlichsten, weil sie noch Skrupel haben, weil sie noch weich sind, weil man am Anfang noch Hemmungen hat, zu töten. Und wenn sie dann das erste Mal wirklich schießen müssen, um sich zu verteidigen oder ihren Kollegen Deckung zu geben, zögern sie eine halbe Sekunde zu lang.«

Sie dachte, der Beruf wäre ihr in Fleisch und Blut übergegangen, aber sie spürt nicht mehr diesen Adrenalinkick der ersten Jahre, wenn sie heute die Autotür schließt und noch nicht weiß, was sie erwartet.

Die Einsatzzentrale informiert einen über eine Schlägerei vor dem Stadion Léo-Lagrange, und man fährt los, ohne zu wissen, wie viele Leute beteiligt sind, ob sie bewaffnet sind, ob es nur eine Pöbelei ist oder eine richtige Schlacht mit Baseballschlägern und Flaschenhälsen. Man wird zu einem Familienstreit gerufen und findet einen Typen mit Knarre, der sich in seiner Wohnung verschanzt hat. Man winkt einen Familienvater wegen einer läppischen Ordnungswidrigkeit aus dem Verkehr und nimmt ihn mit auf die Wache, nachdem er einen mit Morddrohungen belegt hat. Sie hat sich oft gesagt, dass diese Anspannung sie in zwanzig Jahren dazu bringen würde, den Polizeidienst zu quittieren, wenn sie es satthätte, nur noch ein gestresstes Wrack zu sein. Andererseits weiß sie, dass diese Anspannung ihr mehrmals im Jahr das Leben rettet, weil sie dann automatisch Entscheidungen fällt, die nichts mit Mut zu tun haben. Aber heute hat sie sich nicht gerührt, hat wie eine Zuschauerin vom Rand aus beobachtet, wie die Typen sich eins überzogen, hat ihre Kollegen alleine einschreiten und die Prügel einstecken lassen, als ginge es sie nichts an.

Als sie die Schlägerei unter Kontrolle hatten, lagen mehrere Männer bäuchlings und in Handschellen auf dem Boden, zappelnd wie Fische auf dem Trocknen. Virginie hatte dankbar ihre von der Hitze benommenen Kollegen angesehen.

»Erfrischend, oder?«, hatte Érik keuchend ausgestoßen.

Virginie hatte gelächelt und genickt, das Gesicht glänzend vom Schweiß, der in den Augen brannte.

Auf einmal hatte sie den absurden Eindruck, es würde schneien. Feine Flöckchen rieselten auf sie herunter und überzogen das Gras auf dem Vorplatz mit einer hauchdünnen Puderschicht. Das Feuer im Abschiebegefängnis hatte sich ausgeweitet. Langsam zogen die ersten Aschewolken über den Bezirk.

Während sie Érik gegenüber ihr Fehlverhalten eingesteht und zugibt, dass sie kurz gezögert hatte, nähert sich ihre rechte Hand, gefolgt von der linken, langsam den Handgelenken des Tadschiken. Ja, stimmt schon, sie hatte Angst bekommen.

»Aber ich habe auch seit zwei Jahren keine Nacht mehr durchgeschlafen«, wirft sie Aristide zu ihrer Verteidigung hin.

Ganz nebenbei löst sie die Handschellen, wie aus einer Laune heraus.

»Was machst du da?«, fragt Érik, der das metallische Klicken der Zahnrasten in seinem Rücken gehört hat.

»Alles okay, er ist friedlich.«

»Spinnst du? Was ist denn mit dir los?«

»Alles okay, beruhig dich ...«

»Warte mal, was heckst du da aus, schon seit vorhin? Ist das ein Kumpel von dir? Hast du Verwandte in Tadschikistan?«

»Ich hatte ihm die Hände vorne gefesselt und will nur nicht, dass er dich damit erwürgt.«

»Ist er jetzt friedlich oder ist er es nicht?«

»Der ist mager wie ein Hühnchen. Der muckt nicht auf. Was soll schon passieren?«

»Rennst du ihm dann hinterher?«

»Wenn du willst.«

»Scheiße, du nervst. Du nervst wirklich. Die nervt doch, oder?«

»Sie nervt«, bestätigt Aristide.

14.

Wenn ihm einer hinterherrennt, dann Érik, so viel steht fest. Er ist nicht umsonst derjenige von ihnen mit den meisten Auszeichnungen. Befördert wird nur, wer schon auf Linie getrimmt ist. Seine silbernen Schulterklappen und die rote Borte hat er verdient, weil er immer schön in der Spur bleibt. Er hat den Ruf, äußerst gewissenhaft zu sein - vielleicht ist es das, was an ihm nervt, diese Mischung aus Pingeligkeit und Ehrgeiz.

Vorhin haben sie eine verprügelte Frau auf deren Bitte nach Hause begleitet, damit sie ihre Sachen holen konnte, ohne Übergriffe durch ihren Lebensgefährten fürchten zu müssen. Érik ist gleichzeitig mit ihr aus dem Wagen gestiegen, wie er es in bestimmten Situationen tut, um zwei Ziele, anstatt nur eines zu bieten.

Im Aufzug hat er die Frau nach dem Stockwerk gefragt.

»Nein, es ist im fünften«, hat sie ihn korrigiert, als er den Knopf für die sechste Etage drückte, weil sie dachte, er hätte sie falsch verstanden.

Virginie hat gelächelt und verlegen zu Boden gesehen. Selbst hier achtete er darauf, die letzte Etage zu Fuß hinunterzugehen, für den Fall, dass man sie schon auf dem Treppenabsatz erwartete.

»Was gibt's da zu lachen?«, hatte Érik, der ihren Spott schon gewohnt war, halb verärgert, halb amüsiert gebrummt.

Als sie drin waren, hielt Érik den Mann in der Küche fest, während Virginie der jungen Frau half, ihre Sachen zu packen. Und dann hatte sie genug davon, es reizte sie, sich den Mistkerl mal anzusehen, sich ein bisschen mit ihm zu messen. Die Fahrt mit Érik hierher hatte ihr das nötige Selbstvertrauen gegeben. Also löste sie ihn ab, einfach weil sie Lust hatte, den Typen mit dem Blick aufzuspießen, ihn in Schach zu halten, ihm zu zeigen, dass eine Frau das auch draufhaben konnte. Er sah ziemlich gut aus. Schiefergraue Augen, volle, sinnliche Lippen, strahlend weiße Zähne.

»Eine Bewegung, und es knallt«, warnte sie ihn, als sie sich vor ihm aufbaute, die Daumen unter den Gürtel geschoben.

Der Mann hatte sich nicht gerührt. Er hatte sie eingehend gemustert, mit fast schmerzhafter Intensität.

Sie hatte sich überschätzt, wie ein Hund, der vergisst, dass er an der Kette hängt. Sie hatte nichts mehr in Reserve, keinen Schneid. Der Mann muss sie gespürt haben, ihre momentane Verletzlichkeit, es gibt Leute, die dafür einen Riecher haben. Er begann ganz ruhig und entspannt, sie leise zu beschimpfen.

»Schlampe. Kleine Hure.«

Er hatte eine schöne, etwas raue Stimme.

»Hündin.«

Er kaute die Beleidigungen, spie eine nach der anderen aus, mit zusammengebissenen Zähnen, Silbe für Silbe wie Pistolenkugeln. Virginie konnte förmlich sehen, wie etwas in ihm einrastete. Er hatte erraten, dass er es sich erlauben konnte, dass er Spielraum hatte.

»Lutsch meinen Schwanz, Fotze.«

Also ließ sie sich im Netz der ohne Zeugen geflüsterten Beschimpfungen fangen. Sie hing in den Maschen der Beamtenbeleidigung fest, die schwer zu stoppen ist, wenn sie einmal begonnen hat, die man meist lieber nicht anzeigt, aus Stolz, aus Bequemlichkeit, aus Müdigkeit, aus Feigheit oder weil keiner so unschuldig ist, dass er im Grunde seiner Seele nicht doch ein Körnchen Wahrheit an dem findet, was ihm da eingeträufelt wird. Sie ließ die Kränkungen mit undurchdringlicher Miene über sich ergehen, dabei hätte sie ihn ohrfeigen, ihn am Kragen packen und gegen die Wand drücken können, wie sie es versprochen hatte. Stattdessen überschüttete er sie weiter mit seinen Grobheiten, und sie trank, trank mit großen Schlucken. Ein Mäuerchen aus Gleichgültigkeit erlaubte ihr gerade so, das Gesicht zu wahren, während sie ihm ein paar folgenlose Entgegnungen hinwarf:

»Ganz genau, du hast recht, sonst noch was?«

Ja, er hatte noch was auf Lager und geilte sich, seiner Wirkung gewiss, mit jeder Beschimpfung ein bisschen mehr an dem Missbrauch auf, den er mit Worten verübte.

»Geh dich waschen, dreckige Hure.«

»War's das, fühlst du dich jetzt besser?«

»Schlampe.«

Er beleidigte sie so gekonnt, dass sie begann, auf ihren Absätzen vor und zurück zu wippen, als schwanke sie tatsächlich unter dem verbalen Angriff.

Die Autobahn ist nicht mehr weit entfernt. Sie hat das erste königsblaue Schild gesehen, das den Weg zur A 86 anzeigt. Gerade haben sie Fontenay-sous-Bois erreicht.

Érik war wieder in die Küche gekommen.

»Was redet er da?«

»Dummes Zeug.«

Die jähe Unterbrechung der Beleidigungen, so als hätte jemand einen Hahn zugedreht, ließ sie wieder zu sich kommen.

»Halten Sie den Mund!«, hatte Érik dem Mann barsch befohlen. »Haben Sie verstanden? Kein Wort mehr!«

Érik schlägt immer exakt den richtigen Ton an, um sich Respekt zu verschaffen, nie vergisst er dabei das Siezen. Érik kennt das kleine Einmaleins. Er hat es so sehr verinnerlicht, dass er es besser anzuwenden weiß als seine eigenen Ausbilder an der Polizeischule. Er wiegt noch genauso viel wie bei seinem Abschluss: siebzig Kilo, alles in allem. Ein vermeintlich ruhiger Typ, der jedoch ungenießbar wird, wenn er nicht dreimal die Woche laufen geht. Érik glaubt an Autorität und an die abschreckende Wirkung von Strafe. Érik ist für die Todesstrafe in bestimmten Fällen. Érik sagt, sie seien das letzte Bollwerk der Institutionen. Érik hält Europa für eine belagerte Festung. Érik ist manchmal so angespannt, dass man denkt, er müsste jeden Moment anfangen, aus der Nase zu bluten. Érik wird Asomidin

Tohirov nach Roissy bringen, weil man es ihm aufgetragen hat, mit oder ohne Handschellen.

Das Funkgerät spuckt weiter sein Kauderwelsch aus Ziffern und Kürzeln aus, das sie nicht mehr betrifft, seit sie den Bezirk verlassen haben. Die Lichter der Stadt streifen die asiatischen Wangenknochen ihres Gefangenen. Sie durchqueren ein im Bau befindliches Gewerbegebiet, das von Bretterzäunen und Absperrungen zerteilt wird. Wenn sie erst mal auf der Schnellstraße sind, ist es zu spät. Sie kann sich nur schwer vorstellen, dass dieser Mann den Mut aufgebracht haben soll, einen Menschenhändlerring anzuzeigen, doch so steht es in der Akte auf ihren Knien. Er riskiert alles, das hat die Frau gesagt. Am Ende wartet der Tod, schamlos, und sie, Virginie, hilft mit. Sie nutzt den Halt an der nächsten Ampel, neben einem angeblich italienischen Lokal, um ihm zu bedeuten, dass er abhauen soll. Hopp! Verächtlich wedelt sie mit der Hand unter seiner Nase. Sie hat nicht wirklich darüber nachgedacht. Den ganzen Tag schon fährt sie in diesem Auto herum. Sie weiß, dass es keine automatische Türverriegelung mehr hat, wie die Hälfte des Fuhrparks. Mit etwas Glück ist auch keine Kindersicherung drin. Sie wedelt noch einmal mit den Fingern, macht dazu ein genervtes Gesicht, als wolle sie einen lästigen Hund verscheuchen. Verfatz dich. Leg deinen Gurt ab, mach die Tür auf und verschwinde. Mir reicht's. Ich will dich nicht mehr sehen. Ich hab mir dich nicht ausgesucht, ich wollte dich nicht.

Der Mann scheint nicht zu verstehen. Er sieht sie verunsichert an, ängstlich. Seine Bewegungen sind schwerfällig, wie nach langen Strapazen ermattet. Der ist nicht ganz helle, denkt Virginie. Es wird grün. Sofort wendet sie sich ab, als wäre nichts geschehen. Er hat seine Chance verpasst, Pech für ihn. Sie ist raus aus dem Spiel. Was sie auch tut oder versucht, sie ist machtlos, sie gibt alles auf, was sie anfängt.

Doch dann begegnet sie Aristides Blick im Rückspiegel.

Er hat ihre stummen Gesten bemerkt. Seit sie den Gefangenen losgemacht hat, beobachtet er sie aus dem Augenwinkel. Er weiß, dass er etwas gesehen hat, was er nicht hätte sehen sollen.

15.

Aristide stellt die Spiegel so ein, dass er Virginie im Visier hat. Bei der nächsten roten Ampel wird er langsamer, hält aber nicht an, sondern fährt weiter. Érik verzieht das Gesicht.

»Wir haben es nicht eilig. Kein Grund, einen auf Verbrecherjagd zu machen.«

Aristide ignoriert die Bemerkung, er lauert im Rückspiegel auf Virginies Reaktion. Verwirrt hält sie seinem Blick stand und versucht zu begreifen. Anstatt lautstark zu protestieren, verliert er kein Wort über das, was er gerade gesehen hat, fährt dafür aber so, als hätte er ein rohes Ei unterm Bremspedal, passt die Geschwindigkeit an die Ampelphasen an, macht bei Bedarf langsamer, damit sie die Kreuzung erst erreichen, wenn es grün wird. Kurzum, er sorgt dafür, dass das Auto nicht mehr zum Stehen kommt. Virginie drückt ihr Knie in die Rückenlehne. Was soll das? Ist es nicht so schon kompliziert genug? Endlich sind sie auf der A 86. Ungeduldig und voll kindlichem Trotz wechselt Aristide unsanft den Gang, beschleunigt, um alle abzuhängen, stürzt sich mit kaltem Vergnügen auf die Schnellstraße. Virginies Vorzugsbehandlung des Tadschiken war zu offensichtlich. Ihm dagegen hat sie in den vergangenen Wochen kaum zugehört, wenn er das Bedürfnis hatte, zu reden. Er wird nicht wegen des erstbesten Flüchtlings sein eigenes Drama vergessen. Er bestimmt hier darüber, wohin und wie schnell dieses Auto fährt oder ob es hält, er hat das Leben dieses Mannes in der Hand. Virginie beobachtet sein Gesicht im Rückspiegel, durchbohrt ihn mit ihren Blicken. Nicht zu glauben, dass er sich auf diese Weise rächt. Sie erreichen das Département Seine-Saint-Denis, rasen durch einen Tunnel, der eine Kurve beschreibt. Virginie muss sich am Türgriff festhalten, um nicht von der Fliehkraft mitgerissen zu werden. Die Hände auf zehn nach zehn am Lenkrad, regt Aristide sich über jeden auf, der ihm in die Quere kommt.

»Jetzt fahr schon, du Vollidiot!«, schreit er. »*Veiculo longo* am Arsch!«

Érik schnalzt irritiert mit der Zunge, aber Aristide hört es nicht. Blind vor Wut schießt er über die Autobahn, rast wie ein Henker in Richtung Flughafen. Ein Mittelstreifen trennt sie vom Gegenverkehr. Brücken ersetzen Kreuzungen. Keine Ampeln mehr, nur noch Büschel von Schildern, Leuchttafeln mit wechselnden Informationen, Spuranzeigen. Er tut, was er tun muss, jedem sein Gefangener, jedem seine Grenze. Er wird diesen hier heute Nacht zurückführen, sie wird sich mit ihrem morgen früh befassen. Der Gedanke hat ihn hinterrücks gepackt wie ein letztes Aufbegehren seines

Stolzes und verschafft ihm den bitteren Genuss seiner ungeheuren Macht.

Erleichtert hört Virginie, dass Érik nun deutlicher wird: »Na los, komm schon«, sagt er laut, um das Dröhnen des Motors und der Reifen zu übertönen, »dreh so richtig auf! Fahr über Rot! Nimm den Kreisverkehr in Gegenrichtung! Scheiße, Mann, willst du, dass wir mit dem Motor auf den Knien enden? Es ist genug Zeit, habe ich gesagt. Was ist los mit dir?«

Aristide nimmt den Fuß ein wenig vom Gas, passiert mit leicht reduzierter Geschwindigkeit das erste Autobahnschild, das den Flughafen ankündigt.

BOBIGNY
CH. DE GAULLE
LILLE

Jetzt, wo er es schriftlich hat, kann er auf den Ausgang der Reise vertrauen. Sie haben Zeit, stimmt, und er ist am Steuer.

Sie fahren an einem Léon-de-Bruxelles-Schnellrestaurant vorbei. Hier die Riesenlettern eines Büromöbel-Discounters. Dort der Firmensitz von Air China.

Die Sonne hat einen zarten Streifen am Horizont hinterlassen. Virginies Blick bleibt an einem Backsteingebäude hängen, das direkt neben der Autobahn steht und dessen beide oberste Etagen die Lärmschutzwand überragen. Vor den Fenstern hängt Wäsche. Während ihr Hirn das müde kleine Gebäude abspeichert, fragt sie sich, wie es sich dort wohl lebt.

Sie sagt sich, dass es ihr in Zukunft jedes Mal, wenn

sie daran vorbeifährt, sei es in einem Monat, einem Jahr oder in zwanzig Jahren, diesen Moment ihres Lebens in Erinnerung rufen wird.

16.

»Du hast heute schon einen Rückspiegel kaputt gemacht, oder?«, stichelt Érik.

»Das war ich nicht!«, verteidigt sich Aristide. »Ich saß hinten, Viking ist gefahren. Woher weißt du das überhaupt?«

»Ich weiß es eben.«

»Jedenfalls waren wir es nicht, das haben sie dir hoffentlich auch gesteckt«, versichert sich Aristide, als müsse er die Sache unbedingt klarstellen. »Da war so ein Schwarzer, der kam plötzlich auf den Wagen zu und hat ausgeholt, bam!, so schnell konnten wir gar nicht gucken. Sie waren zu zweit, mitten am Nachmittag, und ich sag's dir, die waren schon komplett zugedröhnt. Sie hatten Blut auf ihren T-Shirts, ich will lieber nicht wissen, was die vorher getrieben haben. Viking wollte, dass wir die Personalien von dem, der den Rückspiegel abgeschlagen hat, aufnehmen, aber Mathieu hat gesagt, nein, wir fahren weiter und rufen Verstärkung. Wir hatten allerdings gerade über Funk von dem Brand in Vincennes gehört und wussten, dass das dauern konnte, also sind wir ausgestiegen, haben uns den Typen geschnappt, ihm die Armbändchen angelegt und ihn mitgenommen. Aber Viking, keine Ahnung, warum, hat's gemütlich angehen lassen, ist im Schneckentempo gefahren, und da hat der Idiot es geschafft, die Tür zu öffnen. Sein Spezi ...«

»Welcher Spezi?«, unterbricht ihn Érik.

»Der andere Penner, sein Kumpel, den wir nicht festgenommen hatten, weil er keinen Ärger gemacht hat, der ist neben der offenen Tür hergelaufen und hat versucht reinzukommen, um den Typen, den wir eingesackt hatten, zu befreien. Er hat sich mit aller Kraft an die Rückenlehne vom Vordersitz geklammert. Viking hat geschrien: ›Schaff mir den Idioten vom Hals! Schmeiß ihn raus!‹ Dabei fuhren wir immer noch! Dem hab ich ein paar Stiefeltritte verpasst, das hättest du sehen sollen! Viking ist extra nah an den anderen Autos langgefahren, um ihn an einem Außenspiegel abzustreifen. Schließlich gab's 'ne Prise Tränengas, schön mitten in die schwarze Fresse.«

»Hat er losgelassen?«

»Klar.«

Aristide grinst wie ein rassistischer Schlägertyp. Warum stellt er sich selbst so dar? Er erzählt ihnen das dermaßen zufrieden, als wäre es genau sein Ding. Dabei ist seine schadenfrohe Miene voller Schmerz und Wut.

»Das Problem sind die Kindersicherungen, weißt du«, sagt er.

Sie sieht ihn im Rückspiegel fassungslos an.

»Man müsste die ganze Flotte mal durchchecken lassen. Ich weiß zum Beispiel gar nicht, ob sie bei dieser Karre noch funktioniert.«

Er dreht sich um und schenkt dem Tadschiken ein Lächeln.

»Du bist schön brav, nicht wahr, mein Kleiner? Wie dumm, wir haben die Sitzerhöhung vergessen.«

Virginie bleibt die Luft weg. Er will sie ganz offensichtlich fertigmachen. Die Stiefeltritte waren für sie bestimmt. Wie kann er sie so verabscheuen? Sie ist wütend auf sich selbst, dass sie das so trifft. Ihre Augen brennen, sie ist kurz davor loszuheulen.

Er verfolgt über den Rückspiegel die Wirkung seiner Worte.

Leck-mich-am-Arsch!, formt sie tonlos mit den Lippen.

Er schüttelt den Kopf, lächelt schmerzlich, als er sieht, wie sie die Tränen wegblinzelt.

Er hat sie drangsaliert, ist ihr so sehr auf die Pelle gerückt, dass er ihren Schutzwall durchbrochen hat.

Jetzt zögert er, der Feigling, der es im letzten Moment mit der Angst bekommt. Plötzlich will er klein beigeben, so unfassbar unreif, so gemein, wie man es nur sein kann, wenn man Kummer hat.

Sie fahren unter einem zweiten Autobahnschild hindurch, das die Richtung zum Flughafen Charles-de-Gaulle anzeigt. Gleich wird die A 86 in die A 3 übergehen, die wiederum in die A 1 mündet. Eine nach der anderen werden die Autobahnen sie in einem Rutsch zum Terminal bringen.

Kaum hat Aristide sein Ziel erreicht, fühlt er sich blöd. Er hat es geschafft, ihr wehzutun, sie zu verärgern, nun möchte er es sofort wiedergutmachen, so läuft das. Sie war ganz kurz davor, ihn zu hassen, oder? Jetzt, da es darum geht, ihr Herz zurückzuerobern, kann er die Augen nicht mehr von ihr abwenden, er tätschelt sie förmlich mit seinen Blicken, achtet kaum mehr auf die Straße. Das war doch nur ein Warnschuss, ein Test mit Platzpatronen. Er war gemein zu ihr, aber er hatte seine Gründe. Wenn du mich haust, haue ich eben zurück, scheint sein schiefes Grinsen zu sagen.

Sein Gewissen zwickt ihn, er ist zu weit gegangen. Er wollte doch nur seinen Willen durchsetzen, wollte sie ein bisschen wütend machen, die Rollen vertauschen. Dieses ungeheure Geheimnis, das sie teilen, hat ihn erdrückt. Er konnte die Tragik ihrer Geschichte, dieser idiotischen Bahn, auf die sie geraten sind, nicht mehr ertragen, dieser Liebe auf Abwegen voll tödlicher Fallen. Jetzt fühlt er sich besser. Sein Zorn ist verraucht. Na gut, er bereut es, dass er sich ins Unrecht gesetzt hat. Wenn er könnte, würde er vor ihr niederknien. Seine Augen betteln im Rechteck des Spiegels mit fast hündischer Unterwerfung. Von heute an wird er ihr aus der Hand fressen, wird zusammengerollt am Fußende ihres Bettes über sie wachen, nur noch auf ihre Stimme hören. Seine Augen flattern unablässig zwischen Rück- und Außenspiegel hin und her. Ist noch was zu retten? Bang forscht er in ihrem Blick nach einem Aufblitzen, einem Wimpernschlag, irgendeinem Zeichen, das er als Vergebung werten kann.

Sie fahren unter dem letzten Autobahnschild vor der Abzweigung durch.

Virginie bemerkt, dass Aristides Gesichtsausdruck

wieder sanft geworden ist. Sie hat heute keine Kraft, wem auch immer die Stirn zu bieten oder Verachtung entgegenzubringen. Kurz stellt sie sich Thomas vor, wie er sich über die blaue Plastikbabywanne beugt. Vielleicht badet er gerade Maxence, die Hand unter seinem Rücken, Daumen und Zeigefinger um seine Schulter geschlossen, damit er nicht ins Wasser rutscht. Sie sieht den pummeligen kleinen Körper ihres Sohnes vor sich, wie er das warme Wasser genießt.

Und schon geht die erste Autobahn in die zweite über. Eine Anzeigetafel bestätigt, dass sie auf dem richtigen Weg sind. Gleich wird die A 1 angekündigt. Also wechselt Aristide Virginie zum Gefallen auf die rechte Spur und wird langsamer, um ihr zu Hilfe zu eilen, jetzt, da sie ihn braucht. Er schaltet runter, weil sie plötzlich so eine verwirrende Weiblichkeit ausstrahlt. Aristide nimmt die Ausfahrt Nummer fünf nach Aulnay-sous-Bois, wie ein Spieler, der eine Auszeit braucht.

»Warum fährst du raus?«, fragt Érik.

»Ich hab Hunger.«

»Dann wird's aber knapp.«

»Es ist unhöflich, zu pünktlich zu kommen.«

17.

Sie lassen das Ortsschild von Aulnay-sous-Bois hinter sich. Der zweistöckige McDonald's neben dem Carglass, unterhalb der Schnellstraße, ist noch geöffnet. An einem Musterhaus von Phénix vorbei gelangen sie auf den Parkplatz. Virginie steigt als Erste aus, lässt den Mann auf der Rückbank allein zurück.

»Beeilt euch!«, ruft Érik durchs Fenster.

»Soll ich ihm die Handschellen wieder anlegen?«, fragt Virginie.

Érik zögert einen Moment, schließlich hat auch er seinen Stolz. Er nuschelt nur ein paar ablehnende Worte, dann ermahnt er sie noch mal:

»Macht schnell, wir wollen auch irgendwann nach Hause.«

»Gib uns fünf Minuten.« Aristide grinst. »Du weißt doch, ich brauche nie länger als fünf Minuten.«

Virginie und er gehen schweigend zur Terrasse des McDonald's. Sie passieren eine Sichtschutzwand und ein paar besetzte Tische, eine Familie, ein Pärchen, ein futuristisches Klettergerüst für Kinder. Sie drücken die

Tür auf und betreten das Restaurant. Warme Farben kombiniert mit edlen Materialien, Holz, Leder und gebürstetes Aluminium. Jetzt und hier in diesem Fast-Food-Lokal wirkt die Erde fast bewohnbar. Man kann sich sogar hinsetzen zum Essen. Tische sind für immer und ewig mit dem Boden verschraubt, geschart um ein paar Touchscreen-Bestellterminals. Sie stellen sich in die Schlange, schauen einander kurz an, wie um sich wiederzuerkennen. Sie sieht ihn zum ersten Mal an diesem Tag von vorn. Weil sie nicht weiß, wo sie anfangen soll, zieht sie mit einem kleinen Lächeln die Augenbrauen hoch, als wolle sie sagen: Alles nicht so einfach, oder? Selbst in einem Moment wie diesem kann sie ihn noch schön finden, es ist unerträglich.

»Schau mich nicht so an«, flüstert Aristide, »sonst fängst du noch Feuer.«

Er würde sie gern richtig anlächeln, weiß aber nicht, ob sie sich schon wieder vertragen.

»Du bist vielleicht ein Sturkopf.«

»Du auch«, sagt Virginie.

Jetzt sind sie nur noch zu zweit, sie können einander nichts mehr vormachen. Virginie ist gerührt, sie möchte ihn am liebsten an sich drücken, wie eine verarmte Prinzessin, die nur noch das zu geben hat. Mit einem Mal überkommt sie eine Welle der Zärtlichkeit, eine Wärme, die aus der Mitte ihres Körpers heranrollt und über ihr zusammenschwappt. Sie unterdrückt den Wunsch, sich an ihn zu schmiegen, den Kopf an seine Brust zu legen. Sie stellt sich vor, wie die Kunden und Kellner gucken würden, wenn sich hier plötzlich zwei Bullen vor aller Augen in den Armen lägen.

»Warum grinst du?«

»Nur so.«

Sie senkt kurz den Blick, um sich zu sammeln, richtet ihre Aufmerksamkeit wieder auf den Tadschiken. Nur darum geht es jetzt, um den Tadschiken.

»Glaubst du, der Typ könnte abhauen?«

Er ist sich nicht sicher, wie er die Frage verstehen soll, ob sie das objektive Risiko abwägt, weil er mit Érik allein ist, oder ob sie eine Hoffnung ausdrückt.

»Nein«, sagt er auf gut Glück.

»Würdest du ihn denn gehen lassen?«

Sie hat die Frage hastig ausgesprochen, aus Angst, den richtigen Moment zu verpassen, den kurzen Augenblick, in dem es möglich ist, sie zu stellen. Jetzt ist sie still, schämt sich fast, es gefragt zu haben.

»Ich?«, erwidert Aristide verblüfft. Mit einem traurigen Lächeln wendet er den Blick ab. »Ich weiß nicht ... Wenn du willst ...« Und in scherzhaftem Ton schiebt er hinterher: »Auf mich ist sowieso kein Verlass.«

Sie weiß, wie viel Wahrheit sich hinter seiner Selbstironie verbirgt. Er kann eine endgültige Entscheidung treffen, um sie eine Viertelstunde später zu revidieren, wieder einfrieren, was er gerade aufgetaut hat, den Harten markieren, obwohl er doch so brüchig ist. Sie hat es hautnah erlebt. Opfer, Verfolger, Retter, ihm ist alles recht, um Aufmerksamkeit zu bekommen. Er macht nur zu gerne Versprechungen, denn sein Wort gilt nichts, schnelles Geld, ein Kleinkredit, den man nicht zurückzahlen muss. Hinter seiner lässigen Fassade verbirgt er eine Menge Unsicherheit. Wenn er da ist, dann richtig, verführerisch, großzügig, dann gibt er ihr das Gefühl, ihm etwas zu bedeuten. Doch nur, um sich im nächsten Moment zu verdünnisieren, tagelang nicht zurückzurufen, ohne Vorwarnung abzutauchen, wie zur ständigen Ermahnung: Verlieb dich bloß nicht in mich, ich bin nicht domestizierbar, unsere Geschichte kann morgen zu Ende sein.

Sie kehren mit ihren braunen Papiertüten zum Auto zurück. Virginie schaut auf ihre Armbanduhr und knabbert ein paar Pommes. Es ist vor Mitternacht, sie darf noch. Ihr Bauchweh ist während der vermeintlichen Verfolgungsjagd auf der Autobahn verschwunden. Érik und der Tadschike beobachten, wie sie näher kommen. Virginie muss beinah schmunzeln, als sie sie so hintereinander sitzen sieht, ungewollt komisch, die Gesichter genau in dieselbe Richtung gewandt, wie zwei Erdmännchen.

Aristide hält ihr galant und mit einer ausladenden Armbewegung die Tür auf, aber als Virginie einsteigt, drückt er ihren Kopf herunter und schiebt sie auf die Rückbank, wie die Polizisten in Filmen es tun, wenn sie jemanden verhaften. Er weiß, dass sie darüber jedes Mal lachen muss, und tatsächlich kann sie sich ein Lächeln nicht verkneifen, weil sie ahnt, dass das seine Art ist, Frieden zu schließen.

Er setzt sich hinters Steuer, dreht sich um und hält dem Gefangenen einen Hamburger hin.

»Er hat keinen Hunger, verdammt!«, schnauzt Érik ihn an. »Er bekommt im Flugzeug was zu essen. Los jetzt!«

Érik ist genervt, dass sie ihn mit dem ungefesselten Typen allein gelassen haben. Während ihrer gesamten

Abwesenheit hat er aufgepasst wie ein Schießhund, bereit, beim leisesten Geräusch, bei der kleinsten Bewegung aus dem Auto zu springen. Außerdem fürchtet er, dass er jetzt ihre Position über Funk rechtfertigen muss.

»Was sag ich ihnen, wenn sie sich melden? Dass wir schnell noch einen Happen essen waren? Obwohl wir vor zwanzig Minuten losgefahren sind? Scheiße, Mann, ich bin nicht zum Vergnügen hier.«

Die Anordnung kam von ganz oben, nur deswegen dürfen sie überhaupt den Bezirk verlassen. Und dann die Nummer mit den Handschellen, der Kindersicherung, dem kleinen Snack zwischendurch. Die wollen ihn wohl verarschen.

Aristide fährt widerwillig los. Er schweigt demonstrativ, um zu zeigen, dass ihm dieser Ton nicht passt. Auf dem kurzen Weg bis zur Autobahn müssen sie an jeder Ampel halten, diesmal geht er absichtlich vom Gas, damit sie auf Rot umspringen.

»Ist gut jetzt!«, faucht Érik. »Was soll das? Denkt ihr, ich hab's nicht kapiert? Ihr haltet mich wohl für völlig bescheuert? Nur zu, schau einfach mal in den Umschlag wie ein Trottel, na los doch, mach die Handschellen auf, ich halte auch noch bei McDonald's und an sämtlichen Ampeln! Leute, wir haben den Auftrag, einen Typen nach Roissy zu bringen, also bringen wir den Typen nach Roissy. Wir haben das nicht zu entscheiden. Und wir werden dafür bezahlt, dass uns das klar ist. Polizei, Flughafen, Flugzeug.«

Er redet mit ihnen, als hätten sie den Verstand verloren, ganz der willige Vollstrecker.

»Das ist weder der erste noch der letzte dieser Typen. Egal, ob euch das passt oder nicht. Wenn wir es nicht erledigen, tut's jemand anders. Zum Glück sind die bei der COTEP nicht so beknackt wie ihr. Verdammt, das wird so einen Ärger geben. Hat man euch ins Hirn geschissen, oder was?«

Aristide holt Luft, als wolle er etwas Passendes erwidern, aber dann lässt er es doch bleiben, atmet langsam wieder aus und fädelt sich in die Autobahnauffahrt ein.

18.

Ihre Gesichter schimmern im schwefeligen Licht der Autobahnbeleuchtung. Jeder ist in seinen Ausschnitt der Landschaft versunken, Érik rechts, Virginie links, Aristide, der die Umgebung noch immer scannt, als wären sie auf Patrouille, vorne und hinten.

Sie fahren durch dünner besiedelte Stadtrandgebiete, stoßen vor ins Territorium der unteren Mittelklasse, der Arbeiter, Angestellten, kleinen Beamten wie sie, die billiges Eigentum erwerben wollten und, verbannt in die Peripherie, mit ihren teerpappegedeckten Häusern diese neue städtische Grauzone ins Leben gerufen haben, in der zukünftig die Präsidentschaftswahlen entschieden werden.

Als ob es so einfach wäre, einen Mann entkommen zu lassen, grübelt Érik. Der Gedanke ist romantisch, ihn in die Tat umzusetzen sehr viel weniger. Sicher schicken sie keinen Helikopter wegen eines Abschiebehäftlings, der sich vom Acker gemacht hat. Trotzdem sollte man alles gut überlegen. Vor allem müssten sie Virginies Handschellen in einer der McDonald's-Tüten in den Müll werfen, damit es so aussieht, als wäre der Mann bei seiner Flucht noch gefesselt gewesen, und aufpassen, dass nicht irgendwelche Kollegen mitbekommen, wie er aus dem Wagen steigt. Dann gut zehn Minuten warten, um ihm einen ordentlichen Vorsprung zu lassen. Er selbst, Érik, müsste hyperventilieren, damit es so aussieht, als wäre er gerannt. Dann müssten sie einen Funkspruch an die Zentrale absetzen, panisch erklären, der Gefangene habe einen Halt ausgenutzt, um abzuhauen, und in der gebotenen Verwirrung die falsche Richtung angeben.

Haben Virginie und Aristide sich auch nur ansatzweise überlegt, was ihr reizender Einfall konkret bedeutet? Anscheinend ist er, ihr Teamleiter, hier der Einzige, der noch einen Funken Verstand hat und die Sache rational und unter allen Gesichtspunkten durchdenkt. Wenn die Kollegen aus dem 93. Département zu ihrer Unterstützung anrücken würden, müssten sie enttäuschte und wütende Gesichter machen, weil sie den Typen haben entkommen lassen. Der Chef würde umgehend unterrichtet werden, und am nächsten Morgen wüsste es die ganze Polizeidienststelle. Die beiden haben keine Ahnung, was das für Scherereien gäbe. In den nächsten Tagen müssten sie den Vorgesetzten immer wieder Rede und Antwort stehen, würden ein ums andere Mal wiederholen, dass sie nicht bemerkt hätten, wie der Gefangene seinen Gurt löste. Um ihre laxe Überwachung zu rechtfertigen, müssten sie eingestehen, dass sie die Zentralverriegelung vorher nicht überprüft hatten, und als Sündenbock möglichst den Kollegen ausfindig machen, der wusste, dass sie defekt war, es aber nicht gemeldet hatte. Ist Virginie und Aristide klar, dass sie sich, ehe sie ihren Häftling entlassen, auf eine einheitliche Version der Fakten einigen müssten, ohne jedoch vollkommen identische Berichte zu liefern, die auch wieder Verdacht erregen würden? Damit ihre Aussagen zugleich ungenau und überzeugend wären, müssten sie das eine Detail finden, das man sich nicht ausdenken kann und das ihrer Version sofort Glaubwürdigkeit verleihen und die Annahme, sie könnten dem Gefangenen zur Flucht verholfen haben, vom Tisch fegen würde.

Weiter müssten sie sich damit abfinden, dass sie wochenlang geächtet, Beförderungen und Prämien in Zukunft abhaken könnten, dafür mit einer Disziplinarmaßnahme rechnen durften, bestenfalls nur mit einer Verwarnung. Und wenn der Dienstgruppenleiter oder sogar der Revierchef wegen der Sache Ärger bekäme, würden sie noch sehr lange ihre Freude daran haben. Kein Urlaub mehr zum gewünschten Termin, kein Dienstfrei oder Überstundenausgleich.

Érik kaut im Dämmerlicht des Wageninnern auf seiner Unterlippe. Virginie und Aristide schweigen unüberhörbar. Ihre Blicke begegnen sich nicht mehr. Érik ahnt, dass er etwas sagen muss, sich verteidigen muss, irgendeine Ausrede finden muss, um sie nicht ganz zu verlieren.

»Wollt ihr, dass wir in die Fahrradstaffel versetzt werden, ist es das? Wie soll ich das denen in der Dienststelle denn glaubhaft machen? Ich bin der schnellste Läufer im gesamten Arrondissement.«

Er will seinen Ruf nicht riskieren, so sieht's aus.

»Mir ist noch nie einer entwischt, und jeder weiß das.«

Virginie stürzt sich in die Bresche.

»Wie machst du das eigentlich? Du hast mir versprochen, dass du es mir irgendwann mal verrätst.«

Érik seufzt. »Ich dachte, du würdest es mich nie mehr fragen.«

Sie lächelt.

»Okay, ich erkläre es dir. Weil du's bist. Und während wir miteinander reden, weiß ich wenigstens, dass du keine Dummheiten ausheckst.«

»Was meinst du damit?«

»Das weißt du genau.«

»Nein.«

»Macht nichts. Ein Typ, der wegrennt, gibt erst mal Vollgas. Da bringt es gar nichts, wenn du dich gleich auspowerst. Du versuchst nicht, ihn einzuholen, sondern bleibst einfach nur an ihm dran, damit du ihn nicht aus den Augen verlierst. Alles, was du am Anfang tun musst, ist, das Tempo ein bisschen zu drosseln, um deine Kräfte zu sparen.«

»Na sicher, das Tempo drosseln.«

»Und ob! Man muss auf Zeit spielen. Hauptsache, du lässt dich nicht irgendwohin locken, wo du nicht hinwillst. Du passt also ein bisschen auf. Dann kommt der Punkt, an dem der andere langsamer wird. Er kann nicht mehr, er hat Seitenstechen, keucht sich die Lunge aus dem Hals, macht schlapp. Genau da beschleunigst du gerade so viel wie nötig und sammelst ihn auf. So läuft's.«

»Zu dumm, dass du dich am Sonntag beim Fußball verletzt hast«, kommentiert Aristide.

»Ja, wirklich bescheuert«, bekräftigt Virginie.

»Ihr nervt. Hört auf, mich zu verarschen, für wie blöd haltet ihr mich eigentlich?«

Er wird aus Prinzip laut, aber sein Ton hat sich verändert. Es ist das Detail, das er wider Willen gesucht hat, um ihre hypothetische Aussage glaubwürdig erscheinen zu lassen. Seine Kollegen liefern es ihm auf dem Silbertablett. Er müsste nur die Steifheit, die er seit seinem letzten Training in den Oberschenkeln spürt, ein bisschen übertreiben, ein wenig hinken, wegen der Zerrung.

»Wir sind nicht hier, damit man uns lieb hat«, wehrt er schnell ab, ehe er sich weiter reinreitet.

»Hört, hört!«, frotzelt Aristide.

Virginie holt tief Luft, als koste es sie einige Überwindung, es zu wiederholen.

»Warum müssen wir das tun?«, fragt sie mit dünner Stimme.

»Fängst du schon wieder damit an?«

Das Gespräch bleibt einen Moment bedrohlich in der Schwebe. Man hat die Drecksarbeit unterbezahlten Angestellten irgendwelcher Behörden überlassen, die damit klarkommen müssen. Die Verantwortung verteilt sich auf die Polizeipräfektur, die Wärter, das Begleitpersonal, die Grenzpolizei, die Piloten, die Hostessen und Stewards, damit jeder bequem denken kann: Ich war's nicht, die anderen haben's getan.

»Mein persönliches Ziel ist, dass ihr heute Abend heil nach Hause kommt«, erklärt Érik feierlich.

»Fühlst du dich etwa bedroht?«, will Aristide wissen. »Schau den doch mal an, da ist nicht viel mehr dran als an einem Zehnjährigen.«

»Ich rede nicht von ihm.«

»Von wem dann?«

»Von niemand Bestimmtem. Ich meine es nur generell.«

Der Schein der Straßenlaternen verschwimmt in der Nacht. Im Wageninnern hypnotisiert sie das Licht mit seinem kaum merklichen Flackern.

19.

Érik lässt den Kopf gegen die Nackenstütze sinken. Er weiß, was sie denken. Sie halten ihn für einen Spitzel, ein Kollegenschwein. Bestimmt glauben sie, dass er nichts anderes kann, als sich an Befehle zu halten. Da irren sie sich. Sie haben es noch nicht bemerkt, weil er auf der Dienststelle seinen Ruf weghat, aber sein Panzer hat Risse bekommen. Seit zwei Jahren ist die Polizei in alle Bereiche seines Lebens eingedrungen. Er kann nicht mehr zählen, wie viele Weihnachts- und Silvesterfeiern, wie viele Familienessen, Einladungen zu Freunden, Volksfeste und Wochenenden er verpasst hat, weil er Dienst hatte. In der Metro setzt er sich immer nach ganz hinten, um niemanden im Rücken und den ganzen Waggon im Blick zu haben. Die Wachsamkeit ist ihm so sehr in Fleisch und Blut übergegangen, dass er selbst auf dem Nachhauseweg unwillkürlich überprüft, ob ihm jemand folgt. Bevor er eine Babysitterin anstellt, checkt er zuallererst ab, ob sie schon mal erfasst wurde, obwohl das verboten ist. Er gibt den Namen der jungen Frau ins polizeiliche

Informationssystem ein, um sicherzugehen, dass sie sauber ist. Wenn er ins Auto steigt, bleibt er in Alarmbereitschaft, bis die automatische Türverriegelung wieder eingeschnappt ist. Er trägt sogar seine Jeans wie eine Uniform. Und fährt selbst mit seinen lärmenden Kindern auf dem Rücksitz noch Streife. Wenn sie draußen unterwegs sind, sagt seine Frau Pascale ihm, er solle aufhören, die Leute anzustarren. Aber er kommt nicht dagegen an, und manchmal wird er gefragt: »Entschuldigung, kennen wir uns?« Auf der Straße besteht er darauf, dass sie ihre Handtasche an der Häuserseite trägt. In öffentlichen Verkehrsmitteln, dass sie ihr Handy nicht hervorholt. Sie haben es sich zur Regel gemacht, niemals im Streit auseinanderzugehen. Denn eines Tages wird sie vielleicht einen Anruf von der Dienststelle bekommen. Er hat eben zuerst seinen Job geheiratet, wie alle Bullen der Welt. Von außen wirkt er so unerschütterlich. Man könnte meinen, er wäre mit der Zeit immun geworden gegen die Schläge, geimpft gegen die allgegenwärtige Gewalt durch kontinuierlich gesteigerte Dosen. Dabei ist er lediglich desensibilisiert. Weder resistenter noch stärker oder professioneller als die anderen, nur distanzierter. Sein Gesicht erstarrt jedes Jahr mehr zur Maske. Doch innerlich ist der Damm längst gebrochen. Morgens beim Anziehen wählt er seine Unterhose mit dem Gedanken aus, dass er, sollte er heute dran glauben müssen, im Leichenschauhaus, auf dem Obduktionstisch eine gute Figur machen möchte. Es ist nur ein kurzes Aufflackern, aber er denkt daran. Er entscheidet sich für die Unterhose, in der er sich vor dem Gerichtsmediziner nicht zu schämen braucht. Es gelingt ihm nicht mehr, die Dinge getrennt zu halten. Und das ist nicht nur so dahingesagt. An manchen Abenden, wenn er tagsüber mit einer Leiche zu tun hatte, bleibt er vor der Wohnungstür stehen. Er wartet, bis das Flurlicht wieder ausgeht, um sich dann auf dem Treppenabsatz auszuziehen. Ein Kleidungsstück nach dem anderen. Auf diese Weise, indem er splitternackt eintritt, versucht er, die Scheiße draußen auf der Schwelle zu lassen. Im Dunkeln geht er schnurstracks ins Bad, die zusammengerollten Klamotten an den Bauch gepresst, und wirft sie direkt in die Maschine. Zwei Waschgänge reichen nicht aus, um den Geruch nach vergammeltem Fleisch zu beseitigen. Er duscht eine halbe Ewigkeit, ohne ihn loszuwerden. Pascale hat sich nie beschwert, dass er nach Kadaver riecht, aber er selbst würde den durchdringenden, wie Ammoniak beißenden Gestank unter Tausenden erkennen. Als er einmal morgens eine Kollegin zur Begrüßung auf die Wange küsste, hat er ihn durch ihr Parfum hindurch wahrgenommen. Er hatte sich unauslöschlich auf ihrer Haut festgesetzt.

20.

Am Nachmittag hat Érik mit Virginie und Hervé den Einbruch in ein Einfamilienhaus am Rand von Vincennes aufgenommen. Er hatte den üblichen Kondolenzbesuch bei einer traumatisierten Familie erwartet. Es war passiert, als alle schliefen - die Einbrecher hatten die Nachttischschubladen aufgezogen, während die Bewohner daneben im Bett lagen. Érik fürchtete, er würde sie aufmuntern und ihnen erklären müssen, sie könnten froh sein, dass sie nicht aufgewacht waren, aber nein, die Dame, die sie empfing, wirkte kein bisschen verstört. Oder wenn sie es war, dann ließ sie es sich nicht anmerken. Sie sah gut aus, hatte elegante Falten und eine Figur wie eine ehemalige Tanzlehrerin.

Es war ein altes Gebäude aus Mühlsteinquarz mit Windfang, reparaturbedürftiger Außentreppe und Kratzeisen vor der Tür. Die geschlossenen Fensterläden hielten die Kühle des Steins im Haus. Ein paar Ski, ein Spaten und Pappröhren mit Tennisbällen standen vor dem Eingang herum. Unter einem mit einem Sonnenuntergang verzierten Oberlicht betrat man das rotgeflieste Wohnzimmer, in dem sich die Unordnung fortsetzte. Einige der alten Tonkacheln waren locker und wackelten leicht unter ihren Kampfstiefeln. Die Elipson-Lautsprecher in Form einer Gipskugel mit kleinem Aufsatz für die Hochtöner, ein Gartenaschenbecher, die Tulpen-Stühle mit ihren runden Kissen vermittelten den Eindruck, dass die Zeit an manchen Orten langsamer verging. Hier war sie Ende der Siebzigerjahre stehen geblieben, als einem noch die Scheibenwischer geklaut werden konnten. Im oberen Stockwerk hörte jemand Queen, ohne dass es die Ruhe des Hauses, seine gedämpfte Atmosphäre eines Sommernachmittags störte. Érik drang schrittweise in den Raum vor, betrachtete alles eingehend, bewegte sich wie in Zeitlupe, als ob er in dieser behaglichen Grabstätte die Jahre abstreifen könnte.

»Schön groß haben Sie's hier«, bemerkte er, nur um etwas zu sagen.

»Ja, wenn du einmal mit dem Putzen durch bist, kannst du gleich wieder von vorn anfangen.«

Es war fast, als hätte sie ihn geduzt. Die Frau lächelte, heiter, lebhaft, barfuß. Geld war offenbar kein Problem, die Uniform ebenso wenig.

»Und einen Garten gibt es auch.«

»Ach, der Garten! Als wir hergezogen sind, dachte ich, wir hätten dadurch mehr Platz, aber es ist genau umgekehrt! Inzwischen kommt der Garten zu uns ins Haus ...«

Sie zeigte verärgert auf eine Unkrauthacke, die an der Wand lehnte, eine Styroporbox für die Ansaat und einen Blumenrechen auf dem Boden.

Sie lud ihn ein, mit ihr nach draußen zu gehen, während Virginie und Hervé mit der Tatortbesichtigung begannen. Das Grundstück vermittelte denselben Eindruck von Lässigkeit. Ausgemusterte Geräte lagen wie Mikadostäbe neben einer Regentonne. Ein Seekajak verblasste kieloben in der ungemähten Wiese. Von dichten Hecken vor Lärm und Blicken abgeschirmt, staunte Érik über dieses üppige Fleckchen Natur direkt vor den Toren der Stadt. Der Garten schien nirgendwo zu enden, sondern verlor sich weiter hinten im wogenden Gras. Ein Birnbaum präsentierte stolz seine kleinen harten Früchte. Man sah geschnitzte Wurzeln, Treibholz, das jemand an irgendwelchen FKK-Stränden aufgesammelt hatte, überzogen von wild wuchernden Schösslingen. Doch die Besitzer hatten den Kampf noch nicht ganz aufgegeben. Davon zeugten eine Dose Baumteer und Flaschen mit Wurzelvernichter. Das Gesicht der Frau verfinsterte sich, während sie vor einem Kranz aus Blättern in die Hocke ging.

»Pflanzen Sie bloß niemals Gardenien. Schauen Sie sich die an! Nach allem, was ich für sie getan habe.«

Sie sah ihn an, als handele es sich um eine uralte Fehde, in der Érik nun Partei ergreifen sollte.

»Einer Gardenie kann man es einfach nicht recht machen. Sie mag keine Wärme, keine Kälte, kein Wasser, keine Trockenheit ...« Mit diesen Worten drehte sie sich um und ging zurück ins Haus. »Ich werde mal nachsehen, ob mein Mann Ihren Kollegen nicht zu viel Unsinn erzählt. Möchten Sie einen Kaffee? Ja, Sie nehmen einen Kaffee. Ich mache mir sowieso einen. Oder hätten Sie lieber etwas Kaltes?«

Der feine Schattenriss der Sträucher gegen den blauen Himmel, das plötzliche Wohlbefinden, die Ungezwungenheit dieser Frau, die mit ihren sechzig Jahren noch so voller Elan war, dieses Gefühl von Sicherheit, all das hatte ihn überwältigt. Érik war in der heißen Luft weiter in den Garten vorgedrungen, heraus aus der Deckung. Er zertrat Minzstängel unter seinen Kampfstiefeln, atmete tief ein, durch und durch erfrischt und für einen Augenblick von seiner Last befreit. Da drüben, hinter einem Haufen Brennnesseln, schien eine üppige Hecke den Garten zu begrenzen. Dort wollte er hingehen, unter dem Vorwand einer Routinekontrolle, um den Moment noch ein wenig auszukosten. Er wünschte, er könnte die Sträucher um sich herum benennen, den Weißdorn, die Schlehe. Hinter einem Binsengürtel stieß er auf eine Art pflanzliche Mauer, eine sprießende grüne Barriere, an der er sich Nase an Nase einem Pferd gegenüber fand. Er konnte es zuerst gar nicht glauben. Das Gebüsch umfriedete eine mehrere Meter lange Koppel, auf der ein Französisches Reitpferd stand. Das Tier zuckte leicht zurück, als es ihn bemerkte.

»Was machst du denn hier?«, hatte Érik überrascht gefragt.

Der braune Hengst sah ihn aus seinen sanften, runden Augen an. Über sein bebendes Fell huschten schillernde Maserungen. Érik bewunderte die Eleganz des Tieres, den Kontrast zwischen seinen schlanken Beinen und dem kräftigen Hals. Ein anderes Leben war also möglich? Ein Leben, in dem man zwar ausgeraubt werden konnte, das schon, in dem man aber trotzdem nicht immerzu unterbrochen wurde, nicht von einem Einsatz zum nächsten hetzte. Ein Leben, in dem man sich ein Reitpferd halten konnte? Vor ihm tat sich ein ganz neuer Horizont auf, ein Dasein ohne Supreme Chicken BBQ Bacon, ohne im Auto heruntergeschlungene Mahlzeiten, ohne ständig den ganzen Dreck der Welt vor den Latz zu bekommen. Ein Leben, das nicht in lauter kleine folgenlose Aktionen zerfiel. Im Dienst konnte er die verschiedenen Einsätze nicht mehr voneinander trennen, geschweige denn zwischendurch runterkommen. Es gelang ihm nicht, nachdem er sich drei Stunden lang hatte beschimpfen lassen, der alten Dame, zu der sie im Anschluss gerufen wurden, ruhig zuzuhören, ohne sie für die Beleidigungen büßen zu lassen, von denen sie keine Ahnung hatte. Oder nach der Verhaftung eines Ehemannes, der seine Frau vor den Kindern schlug, seelenruhig eine Anzeige wegen Radkappendiebstahls aufzunehmen. Seit fünfzehn Jahren ging das so. Fünfzehn Jahre, die er nun schon seine Wünsche begrub, die das Leben an ihm vorbeizog. Seit fünfzehn Jahren plante er vage seine Versetzung, seine Rückkehr in die Bretagne, erschöpft wie eine Wache, die man vergessen hatte abzulösen. Der Job hatte ihn abgestumpft, zur Maschine gemacht, er hatte den Leuten nur noch Technik zu bieten. Er hatte alles gegeben, so sehr, dass seine Haare vor der Zeit grau wurden. Seine Lippen waren farblos, und wenn er vor dem Spiegel stand, sah er darin einen traurigen Mann.

Die Nervosität des Pferdes riss ihn aus seinen Gedanken. Es tänzelte unruhig. Die Besitzerin kam zu ihnen mit zwei Tassen in der Hand.

»Sie könnten die Fenster im Erdgeschoss vergittern lassen«, schlug Érik vor, während er den Kaffee entgegennahm, den sie ihm reichte. »Damit das nicht noch mal passiert.«

»O nein, ganz bestimmt nicht.«

Das Pferd trat nervös auf der Stelle, machte plötzlich einen Satz zur Seite, peitschte die Luft mit seinem Schwanz, wie um unsichtbare Fliegen zu verscheuchen.

»Ist er immer so?«

»Nein, erst seit vorhin. Er kann nicht stillhalten und maunzt wie eine Katze, ich weiß nicht, was er hat.«

»Die Hitze vielleicht?«

»Nein, es ist irgendwas im Wald.«

Das Tier witterte mit geblähten Nüstern in Richtung der Bäume.

»Da drüben muss irgendetwas Ungewöhnliches vor sich gehen«, vermutete sie, während sie die Hand über die Einfriedung streckte, um das Tier zu besänftigen. »Ruhig. Scht ... Haben Sie nichts gehört? Heute findet kein Rennen statt, und trotzdem ... Da, sehen Sie!«

Die Frau zeigte zum Horizont. Hinter den Bäumen und der Pferderennbahn stieg eine Rauchwolke langsam in den Himmel.

21.

Ein rotes und ein grünes Positionslicht in der Dunkelheit zeigen an, dass ein Flugzeug sich gerade von einer der Startbahnen gelöst hat. Und schon weist wieder ein Schild auf die nahende Abzweigung hin. Dieser Auftrag hat einen komischen Beigeschmack, das muss Érik zugeben.

Seine Überzeugungen geraten ins Wanken, aber noch hält er stand.

Jede Sekunde stirbt ein Mensch. Da geht es ihm wie allen anderen. Ein Henker ist kein Mörder. Dieser Mann hier ist Tadschike, morgen wird es ein Angolaner, Iraker, Afghane, Syrer, Tamile, Kurde oder Senegalese sein. Niemand sagt, dass man gleichgültig sein soll, aber man kann sich auch nicht für das Schicksal eines jeden Menschen, dem man begegnet, verantwortlich fühlen. Wieso sollte er diesem mehr Aufmerksamkeit widmen als irgendeinem anderen?

Er weiß, dass Virginie und Aristide im Grunde nicht viel verlangen. Seine Kollegen wollen nur dem Schicksal ein bisschen auf die Sprünge helfen.

Wenn sie mir zu sehr auf den Sack gehen, bitte ich einfach um meine Entlassung, beschließt er plötzlich, erstaunt darüber, wie simpel dieser Gedanke ist, und dass er ihn formulieren kann. Ich warte nicht, bis ich versetzt werde, ich ziehe einfach selbst um, wie ein erwachsener Mensch, ich finde eine neue Arbeit und schlage gleich zwei Fliegen mit einer Klappe. Er erwartet schon lange nichts mehr, das gesteht er sich in diesem Moment ein. Er hat so getan als ob, hat nach Ausreden gesucht, um sich nicht rühren zu müssen, weil er Angst hatte. Er gibt es zu, endlich gibt er es zu. Es wird wohl diesen Tag, diesen Einsatz gebraucht haben, damit er es endlich begreift. Er musste erst mit den beiden Nervensägen in dieser Karre sitzen, um den Mut zu finden, es sich einzugestehen: Er erwartet schon lange nichts mehr.

Der Straßenbelag ändert sich auf dem frisch erneuerten Abschnitt, wird glatter, surrt leise unter den Reifen. Solange der Empfang noch gut ist, nimmt er das Funkgerät in die Hand.

»TN12 von TV12. Bitte kommen.«

Es ist klar, dass die Aussicht auf eine Versetzung mit dieser Flucht in weite Ferne rückt. Er schließt die Augen, denn im Grunde hat er das schon längst abgehakt.

»TN12, hört.«

»Wir sind jetzt bei Aulnay-sous-Bois, die Verbindung reißt ab.«

Er schaltet das Funkgerät aus.

Stille breitet sich aus. Aristide sieht ihn wortlos von der Seite an. Der Empfang war in Ordnung. Die Radiowellen der Einsatzleitstelle haben sie noch erreicht.

Durch das Abschalten des Funkgeräts können sie nicht mehr per GPS geortet werden. Von jetzt an sind sie erst mal frei. Im Innern des Wagens beginnt die Spannung zu vibrieren. Auch Virginie wagt nicht, Érik um eine Erklärung zu bitten. Das könnte alles kaputt machen. Wenn dies seine Art ist, stillschweigend wegzusehen, dann müssen sie ihm gestatten, in Würde zu kapitulieren. Sie sollten jetzt einfach den eingeschlagenen Weg fortsetzen, ganz selbstverständlich, und bloß nichts überstürzen.

22.

Rechts taucht ein Einkaufszentrum auf, umstellt von riesigen Werbetafeln: Carrefour, Toys"R"Us, UGC Ciné Cité. Dann drei Wassertürme, wie zur Orientierung. Aristide fädelt sich auf den Autobahnring ein, gleitet von der A 1 auf die A 104, wird langsamer, um die Schnellstraße wieder zu verlassen.

»Was will er denn jetzt schon wieder?«, knurrt Érik, damit es so aussieht, als hätte er noch nicht ganz aufgegeben. »Vorhin hattest du Hunger, jetzt musst du mal Pipi, oder was?«

»Wir fahren ins Grüne, das wird dir guttun.«

»O nein, nicht die Pannen-Nummer. Nur dass du's weißt: Ich küsse nicht, und ich nehme ihn auch nicht in den Mund.«

Zotige Sprüche, weil er es noch nicht schafft, einfach Ja zu sagen oder mit ihnen zu besprechen, was sie später erzählen wollen.

Sie folgen dem Boulevard André Citroën, der neben der Peugeot-Fabrik entlangführt, nehmen am Kreisverkehr die Ausfahrt Richtung Chelles, Livry-Gargan.

Die Beleuchtung wird spärlicher. Sie durchqueren das Gewerbegebiet von Villepinte, passieren einen Leclerc Drive. Links erhebt sich die dunkle Masse des Forêt du Sausset, kräuselt sich schwarz und unberechenbar an ihrer Seite.

Aristide geht vom Gas, entdeckt eine Öffnung zwischen den Stämmen und biegt unvermittelt ab. Auf einer holprigen Forststraße, gepeitscht von tief hängenden Ästen, dringen sie in den Wald ein. Die Lichtkegel erfassen Rundbogen aus Brombeerranken und Farnspaliere am Wegrand. Links und rechts gehen senkrecht schmale Pfade ab, die sofort von der Dunkelheit verschluckt werden.

Keiner wagt mehr, etwas zu sagen, während sie von dicken Wurzeln durchgeschüttelt werden, der Wildnis ausgeliefert, in der jeder Schemen eine Bedrohung ist. Das künstliche Scheinwerferlicht bohrt sich in die Landschaft, schiebt den Gestrüppvorhang zur Seite. Wenn Aristide das Licht jetzt ausmachte, würde sich die Schneise vielleicht wieder schließen, die dichte Vegetation sie verschlucken.

Sie fahren tief in den Wald hinein, ehe sie an einer Verbreiterung des Weges halten, an der sich das schwarze Dickicht zu einer Art kleiner Lichtung ausdünnt und ein beruhigendes Stückchen Himmel sichtbar wird. Aristide schaltet den Motor aus. Ohne das grelle Scheinwerferlicht werden die Schatten wieder weich. Sie steigen alle drei aus, lassen den Gefangenen allein auf der Rückbank sitzen.

In der Stille erwacht erneut das Zirpen der Insekten, das entfernte Raunen der Autobahn. Hier wirkt der Wald schon nicht mehr so unheimlich.

Sie gehen ein paar Schritte in die Tannenschonung hinein, entfernen sich vom Wagen, damit ihr Schützling versteht, dass dies seine Gelegenheit ist.

Aristide und Virginie gehen voran, widerstrebend gefolgt von Érik. Es kommt ihm vor, als würden die Tannennadeln unter ihren Stiefeln ohrenbetäubend laut knacken. Er bleibt zurück, um die Bäume zu betrachten, gebannt von der geräuschvollen Stille des Unterholzes und zum zweiten Mal an diesem Tag verwirrt vom plötzlichen Auftauchen der Natur, ihrer erhabenen Schönheit, so nah an der Stadt, so nah am Flughafen, unerwartetes Relikt der großen französischen Wälder, der herrschaftlichen Jagden. Tief saugt er den herben Geruch der von der Sonne aufgeheizten Vegetation ein. Er schnuppert die nach Harz und trockenem Gras duftende Luft und spinnt dabei seine Pläne an genau der Stelle fort, an der er damit aufgehört hat: der Antrag auf Versetzung oder die Kündigung, der Umzug. In der Bretagne, wo er herkommt, wird es leichter sein, ein Haus mit Garten zu finden. Durch das Astwerk glänzen mit einem Mal hell die Sterne. In diesem Wald, der die Lichtverschmutzung etwas abschirmt, findet er den Himmel wieder. Es gibt so viele andere Berufe, die er ausüben könnte.

»Von hier kann er leicht die RER-Station Villepinte erreichen«, stellt Virginie flüsternd fest.

Aristide, der sich ein Stück entfernt hat, um zu pinkeln, lässt alle an seiner Befriedigung teilhaben.

»Ahh! Ich liebe es, in den Wald zu strullen! Du solltest das wirklich mal ausprobieren, Virg! Überhaupt haben wir doch eigentlich deswegen angehalten. Pinkelpause, weil du's nicht mehr aushalten konntest. Wir werden alles auf dich schieben. Wie spät ist es in Tadschikistan?«

»Sei still, du weißt ja nicht mal, wo das liegt.«

Er kommt mit spöttisch-verschmitztem Gesicht zurück. Virginie kann sich ein Grinsen nicht verkneifen, als sie ihn so sieht. Plötzlichen fühlen sie sich leicht und irgendwie prickelnd angesichts dieses nächtlichen Dates im Wald zum Gefangenenaustausch.

»Sollte ich mir irgendwann mal eine Kugel in den Kopf jagen wollen, dann komme ich hier wieder her.«

»Reizend.«

Er hält sich die Hände wie einen Trichter vor den Mund und imitiert den Schrei eines nicht näher definierbaren Raubvogels.

»Alles klar, Naturfreund? Kannst du nicht mal eine Sekunde die Klappe halten? Nur eine?«

Er fängt an, ihr zu erklären, warum Männer stärker sind als Frauen.

»Wenn du eine ausgewogene Mannschaft willst, teilst du nie mehr als eine Frau pro Fahrzeug ein. Ein Dienststellenleiter würde niemals zwei Mädels ohne einen Typen losziehen lassen, auf keinen Fall.«

Virginie hält sich die Ohren zu, um es nicht zu hören. Sie sieht zum Wagen rüber. Der Tadschike sitzt immer noch drin. Seine flächigen Wangenknochen heben sich hell von der Rückbank ab.

Sie geht zurück, umrundet das Auto und öffnet entschieden seine Tür, damit die Einladung deutlicher wird. Der Mann reagiert nicht, stiert nur in einer Art stumpfem Entsetzen vor sich hin. Vielleicht braucht er ein bisschen länger, überlegt sie. Sie kehrt zurück zu ihren Kollegen, deren klar erkennbare Reflektorstreifen auf den Diensthosen sie im Dunkeln leiten.

»Was tut er?«, fragt Aristide.

»Ich weiß nicht.«

»Haben die ihn so verdroschen, dass er nicht mehr ganz knusper ist, oder was? Wir hätten lieber einen Citroën Evasion statt einen Renault Capture nehmen sollen.«

»Zum Totlachen.«

»Ich hab schon die ganze Zeit dran gedacht, den musste ich jetzt einfach loswerden.«

Der Mann drüben im Auto rührt sich immer noch nicht. Seine drei Wächter werfen ihm ratlos verstohlene Blicke zu. Aus der Entfernung sieht es so aus, als würde er sie vollkommen ungerührt anstarren. Seine Gleichgültigkeit ist ihnen beinahe unheimlich. Er scheint auf sie zu warten. Die Tür steht sperrangelweit offen, doch er bleibt seelenruhig im Auto sitzen. Sie wirken auf einmal wie drei Flüchtige, die von seinem Blick in Schach gehalten werden. Als ob er sie von Vincennes hierhergebracht hätte.

»Könnte mir mal jemand sagen, was wir hier eigentlich tun?«, fragt Érik plötzlich.

Virginie macht genervt wieder kehrt. Es ist klar, dass sie jetzt mal Tacheles reden muss, das kann schließlich nicht ewig so weitergehen, Ériks Geduld hat ihre Grenzen. Sie beugt sich über den Gefangenen, sucht seinen Blick.

»Hau ab! Verschwinde!«

Sie zeigt in den Wald. Der Mann sieht sie an, als

würden ihre Worte erst mit ein paar Sekunden Verzögerung zu ihm durchdringen. Seine schwarzen Augen sind starr vor Angst. Er rührt sich noch immer nicht von seinem Sitz, wie benommen, reduziert auf seine vegetativen Körperfunktionen.

»Wir lassen dich gehen«, versichert Virginie ihm in der Hoffnung, dass die Intonation ihrer Stimme die Botschaft vermittelt. »Wir sagen nichts. Wir werden nicht versuchen, dich wieder einzufangen. Du läufst durch den Wald, kommst bei der RER-Station raus, nimmst die Bahn Richtung Châtelet. Brauchst du Geld? Da, für das Ticket ...«

Sie drückt ihm ein paar Münzen in die Hand, zieht ihn am Ärmel, zerrt, bis er einen Fuß auf den Waldboden setzen muss, um nicht umzukippen. Dann packt sie ihn am Kragen seines Pullovers und richtet ihn auf.

»Los jetzt, hau ab! Du brauchst uns nicht mehr! Du bist ein großer Junge. Tu uns den Gefallen.«

Ihr wird bewusst, dass sie im selben Ton mit ihm spricht, den sie manchmal Maxence gegenüber anschlägt. Dieser Mann ist dürr wie Reisig, er hat den Brustkorb eines Vögelchens, aber sie hat Vertrauen in ihn. Sie beschließt, dass er nicht mager ist, sondern zäh. Ein sehniger Marathonläufer. Er kann marschieren bis zum Umfallen. Einer wie er, der aus Kleinasien bis hierher gekommen ist, in den eisigen Nächten höchster Gipfel karstige Hänge überwunden hat, in seinem Land der uralten Berge im Kapuzenschlafsack übernachtet hat, so dünn wie nur möglich, um besser kraxeln, besser fliehen, besser laufen zu können bis zum Delirium, so einer sollte sich von einem Fitzelchen Wald im Pariser Umland ins Bockshorn jagen lassen? Das kann ihr keiner weismachen!

Sie entfernt sich wieder, zuversichtlich, weil er jetzt immerhin schon mal auf seinen Füßen steht, als wäre das Schlimmste geschafft, sicher, dass sich der Rest von ganz alleine ergibt.

»Will der uns verarschen?«, fragt Aristide, als sie zurückkommt.

»Quatsch. Er versteht nicht, das ist alles.«

»Doch, er verarscht uns. Übrigens heißt es nicht ›Hau ab!‹, sondern ›Hauen Sie ab!‹. Immer schön Siezen, Schätzchen! Gut, dass Érik dich nicht gehört hat.«

Ihr Streifenführer reagiert nicht. Er überwacht unwillkürlich den Weg, gestresst vom langen Warten und von ihrer völlig unpassenden Anwesenheit in diesem Nadelgehölz um diese Uhrzeit.

Virginie riskiert noch einmal einen Blick zur Kontrolle. Ihr Gefangener steht neben der Autotür, an exakt derselben Stelle, an der sie ihn zurückgelassen hat, wie erstarrt vor der dichten Reihe der Bäume. Warum lässt er sich eine solche Gelegenheit entgehen? Das ergibt keinen Sinn. Es sind nicht die finster aufragenden Stämme, nicht das dornige Gestrüpp, die ihn aufhalten. Widerwillig gesteht sie sich ein, was sie schon seit einer Weile ahnt, aber einfach nicht wahrhaben will. Sein Blick, dieses Entsetzen, das sie tief in seiner Brust spürte, als sie ihn aus dem Wagen gezerrt hat ... Die Polizei, die dich befreit, nachdem entschieden wurde, dich in dein Land zurückzuschicken, weil man deine Geschichte nicht geglaubt hat – das existiert nicht in seiner Vorstellungswelt. Virginie hat ihm die

Tür geöffnet, um ihn ins Verderben zu stürzen. Sie werden ihn von hinten erschießen. Sie suchen nur nach einem Vorwand, man hat sie beauftragt, die Drecksarbeit zu machen. Die Angst dringt ihm aus allen Poren, sie haben ihn hierhergebracht, um ihn bei einem vermeintlichen Fluchtversuch zu erledigen. Sobald er zwischen die Bäume rennt, werden sie ihm den Schädel einschlagen und ihn gleich hier vergraben. Das ist es, was er denkt, verschanzt hinter seinem Schweigen. Er kommt gar nicht auf die Idee, dass sie ihm helfen wollen. Er kann nicht ahnen, wie sehr sich die tadschikische Polizei und die französische Polizei voneinander unterscheiden. Er weiß nicht, dass sie nie auf etwas anderes als Pappscheiben gezielt haben. Dass Virginie, als sie zum ersten Mal im Dienst die Waffe gezogen hat, ihre Eltern anrief, um es ihnen zu erzählen. Er hat den leeren Blick derer, die gefoltert wurden und denen man für immer die Fähigkeit genommen hat, anderen zu vertrauen. Er hat die glanzlosen Augen der Überlebenden, deren Selbsterhaltungstrieb erlahmt, deren Wille gebrochen, deren Fantasie ausgelöscht ist. Plötzlich fühlt sie sich müde, verschlissen von der Uniform, verschlissen von der alltäglichen Ablehnung der Menschen. Die Unfähigkeit dieses Mannes, zu fliehen, beschmutzt sie noch etwas mehr. In den Augen der Franzosen ist die Polizei schikanös, provokant, dumm, faul, versoffen. In den Augen des Tadschiken sind sie unweigerlich Folterknechte und Mörder.

Sie sieht, wie er da drüben zurück ins Auto steigt.

23.

Es ist nicht zu fassen, in ihrem Kopf dreht sich alles. Sie könnte ihn ohrfeigen. Sie wendet den Blick ab, will es nicht sehen, die Aufmerksamkeit der beiden anderen nicht gleich wecken, ihm eine letzte Chance geben, noch ein wenig hoffen, dass er sie am Ende doch Lügen straft.

Érik marschiert den Waldweg rauf und runter, um seine Nervosität zu unterdrücken. Irgendwann hebt er den Blick und ist erstaunt, dass ihr Gefangener es geschafft hat, vollkommen geräuschlos im Unterholz zu verschwinden. Nein, jetzt bemerkt auch er, dass der Tadschike zurück in den Wagen gestiegen ist. Er sitzt wieder an seinem Platz!

Die Tür steht noch auf.

Ein Schwindel packt ihn, als wäre er derjenige, den die aufgerissene Tür in die Finsternis hinausspeien will. Er spürt, wie er selbst von der Furcht dieses Mannes ergriffen wird. Auch ihm scheint es, als würde diese Öffnung dort ins Nichts führen. Auch ihm macht diese zerbrechliche, unsichere, heikle Freiheit nun

Angst. Der Vogel ist nicht ausgeflogen. Dieser Fremde ist dermaßen resigniert, dermaßen gleichgültig seinem eigenen Schicksal gegenüber, dass Érik erneut zu zweifeln beginnt. Er hat seinen Gefühlen freien Lauf gelassen, seinen Umzugsfantasien, seiner Sehnsucht nach einem Garten, nach Grün, nach Unabhängigkeit, seinen haltlosen Plänen, so wie man ein Pferd von der Longe lässt, damit es sich nach Herzenslust austobt, weil es guttut, seine Wunschträume einmal nicht im Zaum zu halten. Sich jederzeit sagen zu können: Ich höre auf, ich höre morgen auf, wenn ich will. Denn genau das ist die Voraussetzung dafür, dass es einem gelingt weiterzumachen: freidrehen, bis man sich gefangen hat. Er ist ins Wanken geraten, aber der Abschiebehäftling dort bringt ihn allmählich wieder zur Vernunft. Die Verweigerung dieses Mannes gleicht einer Aufforderung, sich am Riemen zu reißen, einer Warnung. Jede Minute, die vergeht, ernüchtert Érik ein bisschen mehr. Er kommt in diesem Wald wieder zu sich, weil er sich von der Situation hat mitreißen, von der Umgebung, den Gerüchen hat verwirren lassen, weil es ein besonderer Moment war, doch gleich wird er sich schämen. Er hat eine Seite von sich offenbart, die ihn beunruhigt. Wie konnte er sich nur eine solche Blöße geben?

Der Vorschlag seiner Kollegen erscheint ihm nun langsam in seiner ganzen ungeschönten Abwegigkeit. Er, ein gescheiterter Polizist? Ein Mann, auf den seine Vorgesetzten bauen konnten. Er hat sich erweichen lassen, ist kurz von der Spur abgekommen, geblendet von ihrem irrwitzigen Plan, vergiftet von ihren heimtückischen Fragen, ihren betroffenen Mienen, ihrer hehren Moral.

Sie vergessen ihren Auftrag.

Sie verdrehen ihn, missachten ihn, während sie nichts anderes als ihn im Sinn haben sollten. Die schönen, schmucken Ideale, auf die sie sich berufen, ohne sie auszusprechen, die Demokratie, der Rechtsstaat, all das beginnt mit der Beachtung dieses Auftrags. Sie sind Glieder einer Hierarchie, die vom einfachen Schutzmann bis hoch zum Minister reicht. Wenn sie schwach werden, wenn sie reißen, höhlt das die ganze Befehlskette, das gesamte Gefüge aus. Wo hat er sich da nur hineinziehen lassen? Wie konnte er so schnell einknicken? So nachsichtig tun, was gar nicht zu ihm passt. Er hat die Funkverbindung aus Imponiergehabe unterbrochen, um auch mal einen auf lässiger Typ zu machen, auf Menschenrechts-Dandy.

Virginie und Aristide haben die Sache nicht mal zusammen ausgeheckt, darauf verwettet er seinen Kopf. Sie sind da genauso reingerutscht wie er. Als ob er es nicht sehen würde, wie Aristide sich von der kleinen Aufmüpfigen um den Finger wickeln lässt. Aristide, der große Reden schwingt und den Polizisten mit Herz raushängt. Der ist auch nicht so ganz auf der Höhe. Scheint in letzter Zeit ziemlich neben der Kappe zu sein, das hat man ihm gesagt. Aber jetzt fällt es ihm wie Schuppen von den Augen. Seit vorhin macht er Männchen vor dem Fräulein. Der weiß selbst nicht mehr, was er tut. Seine Ehre und seinen Ruf auf der läppischen Strecke von Paris nach Roissy in den Wind zu schießen. Für ein Lächeln und ein paar schmachtende Blicke?

Man hat ihnen einen Platz zugewiesen, eine Rolle, eine Aufgabe: Sie sollen einen Mann von A nach B begleiten. Das bekümmert sie, na und? Es werden zweihundert Typen pro Woche abgeschoben. Und das soll jetzt plötzlich der Weltuntergang sein? Ihm fällt wieder ein, dass Virginie und Aristide jünger sind als er. Sie gehören einer anderen, individualistischeren Generation an, kommen aus behüteten sozialen Verhältnissen. Aber draußen auf der Straße, wenn's ernst wird, macht keiner mehr mit, darum geht es doch im Grunde genommen.

Noch ist es nicht zu spät, diesem Affenzirkus ein Ende zu bereiten. Langsam geht er zurück, umrundet den Wagen, schließt die Tür auf der Seite des Tadschiken. Dann setzt er sich hinters Steuer, lässt den Motor an und beginnt zu wenden. Dabei käut er wütend seine Gedanken wieder. Virginie und Aristide haben vergessen, dass sie die Ordnungskräfte repräsentieren. Stört sie etwa das Wort »Ordnung«? Oder vielleicht »Kräfte«? Es ist so einfach, sich zu drücken. Jeder will das Gesetz für die anderen und die Freiheit für sich, nicht wahr? Aber die Gemeinschaft geht über das Individuum. Er schlägt das Lenkrad ein, kurbelt dann wieder in die andere Richtung, als bemühe er sich mit jeder seiner millimetergenauen Bewegungen, diesem Prinzip gerecht zu werden.

»Was machst du da?«, fragt Aristide, der näher gekommen ist.

Er folgt Ériks Wendemanöver dicht neben dem Wagen, passt auf, dass der ihm nicht über die Füße fährt.

»Wir fahren nach Roissy. Steigt ein.«

»Was ist los mit dir?«

»Ihr vergesst jetzt mal euer Gewissensproblem und steigt ein. Das ist ein Einsatz wie jeder andere. Wenn dein Job ist, zu tun, was man dir sagt, und du tust nicht, was man dir sagt, dann musst du dir einen anderen Job suchen.«

»Fängst du wieder damit an?«

»Einer muss hier wohl den Babysitter machen, verdammt! Irgendwann reicht es mir eben.«

»So schnell schmeißt du jetzt hin, oder was?«

»Sieh ihn doch mal an. Schau ihn dir ganz genau an. Er hat keinen Hunger. Er hat keine Lust zu fliehen. Er wird nicht abhauen. Also hört ihr jetzt auf, mir auf die Nüsse zu gehen, und steigt ein!«

Aristide weicht einen Schritt zurück, zuckt mit den Schultern und zieht eine verständnislose Grimasse in Virginies Richtung, die inzwischen auch dazugekommen ist, während Érik sein diffiziles Manöver fortsetzt. Als das Auto Aristide streift, schlägt er mit der flachen Hand aufs Dach. Érik tritt auf die Bremse, mustert ihn drohend und fragt mit tonloser Stimme:

»Willst du hier den Macker markieren? Hast du jetzt plötzlich Haare auf den Armen?«

Er hebt die Stimme nicht, ganz der Chef, der zu sein er nie hätte aufhören dürfen und der es nicht nötig hat, laut zu werden, damit man ihm gehorcht.

»Ja, das ist ein guter Hund, ein braver Apportierhund«, wirft Aristide ihm mit bösem Grinsen hin.

Ériks Hände verkrampfen sich ums Lenkrad.

»Steig ein. Hör auf, eine Schau abzuziehen. Wir bringen die Arbeit zu Ende.«

Seine Stimme ist noch eine Oktave tiefer gerutscht.

»Du hast einfach keine Eier«, provoziert Aristide ihn weiter.

»Steig ein.«

Érik fixiert einen Punkt im Gebüsch vor sich. Er weiß, dass es diese Diskussion nicht geben dürfte. Sie beweist nur, was für ein Riesenfehler es war, seine Kollegen von der Leine zu lassen.

»Soll ich dich als dein Vorgesetzter dazu auffordern?«, fragt er unvermittelt. »Willst du endlich mal erleben, was es heißt, eine dienstliche Anordnung zu bekommen? So richtig, meine ich? Auge in Auge?«

»Und wenn ich mich weigere, was machst du dann? Die Polizei rufen?«

»Steig ein!«

Als Aristide sich nicht rührt, kommt Érik aus dem Wagen und baut sich vor ihm auf.

»Schluss jetzt!«, schreit Virginie sofort. »Hört auf! Ihr seid doch Vollidioten! Aristide, du steigst jetzt ein. Ich steige ein. Alle steigen ein. Verdammte Scheißvollidioten! Wir hauen ab! Es reicht!«

Diese kleine Schlampe ist es, die hier schon die ganze Zeit die Strippen zieht, denkt Érik.

Aristide und er sehen sich einen endlosen Augenblick lang an, dann weichen sie zurück. Aristide geht in aller Ruhe um die Motorhaube herum, ehe er sich vorn auf die Beifahrerseite setzt. Virginie steigt wieder hinten ein und knallt die Tür zu.

Érik legt den ersten Gang ein, beschleunigt übertrieben auf dem holprigen Weg.

Vom Wald ausgespuckt, schießt das Auto auf die Avenue Raoul Dufy und schleudert über den Asphalt.

»Ihr seid vielleicht Arschlöcher!«, faucht Érik wütend und haut dabei mit der Faust aufs Lenkrad, um sich Luft zu machen. »Wir sind doch nicht die Schwestern von der Heilsarmee, Herrgott noch mal! Wir sind die Polizei! DIE POLIZEI!«

24.

Sie fahren in albtraumhaftem Schweigen, das nur ab und zu vom Ticken des Blinkers gestreift wird.

Die Avenue Raoul Dufy mündet in den Boulevard André Citroën, der sie im Nu wieder auf die Autobahn bringt. Sie haben ihren Weg zerstückelt, doch umsonst. Sie rasen über die A 1, als eilten sie Charles-de-Gaulle entgegen wie einem teuflischen Liebhaber. Leuchtende Punkte durchziehen als erste Vorboten des Flughafengeländes und seiner parasitären Hotels die Dunkelheit. Sie werden von der Hauptader, die sie ernährt, aufgesogen, verschluckt von ihren dreitausend Hektar Ausdehnung.

Die Flugzeuge am Himmel sind nun deutlicher zu erkennen, sie streben mit einer Langsamkeit in die Höhe, die ihre Anstrengung verrät. Der Tadschike betrachtet sie fasziniert durch das Seitenfenster. Sie werden sich trennen, ehe sie einander richtig kennengelernt haben. Schon werden die Richtungen zu den einzelnen Terminals angezeigt.

Um seine wiedergewonnene Autorität zu zementieren, macht Érik einen Abstecher zur Tankstelle vor dem Flughafen, auch wenn das bis zu ihrer Rückkehr hätte warten können. Sie haben die Wahl zwischen Excellium bleifrei, 98 Oktan, und Excellium Diesel, Bleifrei 95-E10 oder einfach nur Diesel.

Er zieht die Agonie ein bisschen in die Länge, um sie zu zermürben, lässt sie für ihre Meuterei büßen. Er nimmt sich alle Zeit der Welt, zeigt ihnen, dass er keine Angst mehr hat, weder vor ihnen noch vor sich selbst.

Sie passieren eine Reihe von Autos, die hier dicht an dicht am Rand stehen, um die horrenden Parkgebühren auf dem Gelände zu sparen. Die Fahrer schlafen, wischen über ihre Smartphones, treten hinaus in die warme Nacht, um ihre Fußmatten auszuklopfen, erwarten den Anruf der Freundin, der Frau oder des Kunden, den sie abholen und auf die Minute genau aufsammeln wollen.

Érik hält mitten auf diesem improvisierten Parkplatz neben einer Zapfsäule, steigt aus und füllt in aller Seelenruhe und mit betont entspanntem Gesichtsausdruck seinen dämlichen Tank. Aristide dreht sich zu Virginie um, beobachtet, wie sie sich auf die Wangen beißt. Er würde gerne ihre Wunden lecken, doch er weiß nicht mehr wie. Sie sieht ihn bedauernd an, wie einen Leidensgenossen, der sein Bestes gegeben hat. Er bewundert ihre würdevolle Haltung, ihren weiblichen Stolz, dem die oberflächlichen Wutausbrüche der kleinen Chefs nichts anhaben können. Dann dreht er sich so auf seinem Sitz um, dass er den Tadschiken ins Visier nehmen kann.

»Und wenn du jetzt einfach gehen würdest?«, schlägt

er ihm vor, mit einem Augenzwinkern und einem erschöpften Lächeln.

Asomidin Tohirov hält seinem Blick stand. Ein süßsäuerlicher Geruch steigt zwischen ihnen auf, den sie nur zu gut kennen. Wie von in der Vase vergessenen Blumen oder von ranzig gewordener, kalter Suppe. Ihr Gefangener ist mehr tot als lebendig. Sein Gesicht ist eingefallen, die Augen sind tief in den Höhlen versunken. Seine Haut spannt über den hervorstechenden Wangenknochen. Die Mundwinkel hängen nach unten. Er ist kurz davor, sich ins Hemd zu machen.

Érik reißt die Hintertür auf, ein willkommener Lufthauch dringt herein. Er legt dem Häftling die Handschellen wieder an, um ihn nicht ungefesselt an die Grenzpolizei zu übergeben. Als er sich über den Mann beugt, schnüffelt er unwillkürlich.

»Bist du das, der hier so stinkt?«

Das Dröhnen eines Triebwerks verschluckt den Rest seiner Frage.

25.

Die ersten Ausläufer von Charles-de-Gaulle leuchten ihnen entgegen. Die Flughafenstadt erhellt den Himmel mit ihrem Widerschein eines Flächenbrandes.

Die Fahrspur verzweigt sich, windet sich um einen Kreisverkehr. Wann erreichen sie offiziell das Flughafengelände mit seiner Lärmwolke? Die Anfahrt nimmt kein Ende. Eine Leuchtanzeige bietet zehn Minuten freies Parken auf allen Decks. Die Schnellstraße verschwindet unvermittelt unter einer grasbewachsenen Böschung, taucht dahinter wieder auf, umrundet Satelliten-Gebäude: Firmensitze, Büros, Hotels. Sie folgen blindlings der Straße, schwindlig von all den Kurven, hin- und hergeworfen zwischen immer neuen Begrenzungsmauern, Stützstreben, Brückenpfeilern. Der kapriziöse Weg verzweigt sich erneut, steigt noch einmal an, um sofort wieder bergab zu führen, wirbelt das Auto durch seine Strudel. Die Seitenruder der wartenden Flugzeuge ragen über das Terminal wie Haifischflossen aus dem Wasser. Sie folgen einem Geflecht übereinanderliegender Straßen und Fahrspuren, ein kompliziertes

Muster, von dem sie nicht wissen, ob es irgendwo endet oder anfängt, ein unwirtlicher Ort ohne Geschichte, ein Wechsel von freien und ausgefüllten Feldern, die Architektur einer Ortsumgehung, eines aufgegebenen Straßenstücks oder eines Industriehafens.

Érik nimmt die Abzweigung zum Langzeitparkplatz Px. Sie entfernen sich vom Terminal, passieren das Air-France-Gebäude mit seiner in den Himmel gereckten Nähnadel, einen neuen Bürokomplex und ein Parkhaus mit Lamellenfassade, wenden dem Flugplatz plötzlich den Rücken zu, als wollten sie ihn zugunsten eines banalen Kreisverkehrs wieder verlassen. Vor ihnen erhebt sich eine seltsame Halde, ein gigantischer Schutthaufen, den die Vegetation nur mit Mühe bedeckt. Érik schert ein, hält sich neben dieser armseligen Düne und im Umkreis des Terminal 2. Die Straße umgibt den riesigen Parkplatz unter freiem Himmel. Worte tauchen auf, die nicht in diese Wüstenlandschaft zu passen scheinen. An irgendeinem Schreibtisch wurde dieser Weg »Akazienstraße« getauft, eine Mär von windzerzausten, stacheligen Ästen, duftenden Blüten und Honig. Sie gelangen an den äußersten Rand des Areals, wo nie jemand hinkommt, wohin man die Heiz- und Kühlanlage und das technische Versorgungszentrum dieses internationalen Drehkreuzes verbannt hat. Sie gleiten an einem durch provisorische rot-weiße Betonpoller verstärkten Gitterzaun entlang. Jenseits dieser Grenze beginnt das Vorfeld, auf dem man das erste Schillern der Flugzeuge sieht.

Am Ende des Weges stehen ein paar Container direkt auf dem Asphalt.

Keine Absperrung mit Sicherheitskontrolle, nur diese Mausefalle für Autos, diese Sackgassenzufahrt. ADP 6197. Die Rollläden des Rückführungsterminals sind heruntergelassen. Ein mit Stacheldraht bewehrter Zaun teilt einen winzigen, von Flutlichtstrahlern taghell erleuchteten Parkplatz ab.

Érik meldet sich an der Gegensprechanlage. Geräuschlos gleitet das Rolltor beiseite, um sie einzulassen. Für einen flüchtigen Moment kommt es ihnen so vor, als hätte dieser Ort, von dem sie nicht einmal wussten, wo genau er sich befindet, der seit Dutzenden von Jahren Tag und Nacht in Betrieb ist, sie, genau sie, schon immer erwartet.

26.

Sie parken neben den anderen Polizeiautos, steigen aus in die frische und salzige Luft des offenen Geländes. Eine Handvoll Beamter, die vor dem Eingang rauchen, treten beiseite, um sie vorbeizulassen.

Der niedrige Hauptraum der Rückführungseinheit ist umgeben von einem Dutzend Zellen. Die Türen der schmalsten Zellen haben eine Plexiglasluke, die man mit einem kleinen Vorhang verdecken kann. Andere Zellen bieten ganzen Familien Platz. Die Trennwände sind verkratzt, die Mauern über und über vollgeschmiert. Hier ein »Vive la France!«, da ein erigierter Penis, der in alle Richtungen ejakuliert. Das Gebäude ist völlig heruntergekommen, es scheint in seinem eigenen Saft zu schmoren, seit es errichtet wurde.

Mitten im Hauptraum steht ein grober Holztisch im Neonlicht, darum herum zusammengewürfelte Stühle aus Plastik, Stoff oder Lederimitat mit zerschlissenen Polstern, aus denen die Füllung quillt. An der Seite wurde eine Toilette außer Betrieb genommen, die Tür ist mit breitem Kreppband versiegelt.

Érik übergibt den Gefangenen dem Beamten am Schalter und nimmt ihm vor dessen Augen die Handschellen ab. Zwei Rückführer in Zivil stehen auf, als sie es sehen. Das muss ihr Mann sein. Érik reicht dem Kollegen die Unterlagen. Der Beamte öffnet den Umschlag, ohne sich daran zu stören, dass er nicht mehr zugeklebt ist. Er schüttelt den Inhalt auf die Ablage, schiebt den Passierschein in eine Air-France-Hülle, gibt die restlichen Dokumente den Begleitern. Einer der beiden fragt Érik:

»Wie ist er?«

»Ruhig, er kooperiert.«

Asomidin Tohirov wird in eine der größeren Zellen geführt. Durch die Plastikscheibe sehen sie, wie ihr Gefangener und die beiden Begleiter sich auf eine an der Mauer befestigte Pritsche setzen. Während einer der Beamten die Unterlagen durchliest, stellt der andere dem Häftling Fragen, die sie durch die geöffnete Tür deutlich hören können.

»Wie heißen Sie? *What's your name? Where do you come from?*«

Liegt es daran, dass ihm Englisch lieber ist, oder an den neuen Gesprächspartnern? Asomidin Tohirov antwortet widerwillig, aber er antwortet. Endlich hören Érik, Virginie und Aristide seine Stimme, die tiefer ist, als sie erwartet hatten.

»Sie werden abreisen. Haben Sie verstanden, dass Sie ein Flugzeug nehmen werden? *Is it your first time? Have you ever taken a plane before?*«

Sie wechseln vom Französischen ins Englische und wieder zurück, ein Schwall scheinbar rein formaler Fragen.

»Können wir gehen?«, fragt Érik den Beamten am Schalter.

»Sie müssen bis zum Abflug hierbleiben.«

»Machen Sie Witze? Wann ist das? In einer Stunde ...?«

»Selbst wenn, ich bin noch nett zu Ihnen. Eigentlich müssten Sie sogar eine Dreiviertelstunde länger warten, bis das Flugzeug den Point of no Return erreicht hat. Also bis es im Fall einer Notlandung zu einem anderen Flughafen umgeleitet wird.«

»Das ist ein Scherz. Sie wollen uns auf die Schippe nehmen, weil wir nicht von der COTEP sind?«

»Nein, das ist die Vorschrift. Aber Sie geben mir einfach eine Handynummer und bleiben erreichbar. Falls das Flugzeug zurückkommt, rufen wir Sie an. Das passiert sowieso nie. Bis zum Start müssen Sie allerdings warten.«

Sie wenden sich wieder den beiden Begleitern in der Zelle zu, die offenbar ihre Fragen stellen, wie sie ihnen beim Überfliegen der Akte gerade in den Sinn kommen. Die Antworten scheinen ihnen nicht so wichtig zu sein, sofern sie sie überhaupt verstehen, als ob es im Grunde nur darum ginge, zu sprechen.

»Is someone waiting for you? Friend? Family? Weiß Ihre Familie Bescheid?«

Unter dem Vorwand, sich für die am Rand aufgestellten Snack- und Getränkeautomaten zu interessieren, nähern sich Érik, Virginie und Aristide unauffällig der Zelle. Der gesprächigere der beiden Begleiter ist ein hübscher Bubi mit wässrigen grauen Augen. Der andere, Längere, Schlankere mit dünnem Haar, wirkt respekteinflößend. Ihre Finger bewegen sich hin und her über die Dokumente, die sie glatt streichen, auf ihre Knie drücken, mit ihren breiten Pranken umdrehen, von denen eine unterschwellige Bedrohung ausgeht. Allein das ist schon Einschüchterung genug, diese sicheren Hände, die zu gegebener Zeit nicht zittern werden, sollte Zwang nötig sein. Sie sind die Sorte Beamte, für die es eine Frage der Ehre ist, nicht zuzuschlagen - wie vulgär, das kann jeder. Sie dürfen keine Waffen tragen. Sicher sind sie darin geschult, einen Gegner mit bloßen Händen ruhigzustellen, minutenlang in der Enge eines Mannschaftswagens oder zwischen Sitzreihen in ein und derselben Position zu verharren, gewöhnt an endlose Schwitzkästen, ausgewählt nach ihrer Beharrlichkeit, ihrer Ausdauer, ihrem starrköpfigen und engstirnigen Charakter.

Doch sie befragen weiter ergeben den Tadschiken, wobei sie ihn genauestens beobachten. Ob aus freien Stücken oder unter Zwang, er wird in das Flugzeug steigen und ausgewiesen werden. Er muss es in dem Moment begriffen haben, als sie diesen absurden Raum betraten, wo nur die Ratten fehlen, der so verwahrlost und marode ist, dass es einen direkt an der Gurgel packt. Er wird fliegen. Aber die beiden Rückführungsbeamten hören nicht auf, ihn mit Fragen zu löchern, um zu sehen, ob er es einfach so hinnehmen wird, ob er einverstanden ist, im Grunde. Sie schauen ihm in die Augen, schätzen ihn ein, wie einen ernst zu nehmenden Gegner. Sie sprechen mit ihm, um ihn zu testen und auch um ihn zu beruhigen, denn sie wissen, dass Worte besänftigen, lindern, ihn möglicherweise davon abhalten, eine Dummheit zu machen. Sie sind es gewohnt, das Schlimmste anzunehmen, denn sie wissen, dass der vergangene Moment nichts über den folgenden aussagt. Sie haben erlebt, wie ein junger Ukrainer von einer Sekunde auf die andere ausgerastet ist und es mit sechs ihrer Kollegen aufgenommen hat, wie ein Somalier eine Rasierklinge in seiner Speiseröhre versteckt hat, aufgehängt mit einem Faden am Gaumenzäpfchen, oder wie ein Tschetschene zum Röntgen geschickt wurde, nachdem er fünf Metallgabeln in einzelnen Stücken verschluckt hatte. Daher ist Asomidin Tohirov nicht nur Tadschike, sondern auch Ukrainer, Somalier, Tschetschene, und die beiden Beamten reden auf ihn ein wie zwei Tratschtanten, die ihr Misstrauen kaum verbergen können, wie zwei Greise, die beschlossen haben, ihn bis zum Abflug mit Worten einzulullen, um die Gefahr zu bannen, und dabei noch versuchen, freundlich zu bleiben, warum auch nicht? Sie bieten ihm sogar kleine Gefallen an, erkundigen sich, ob er ein Auto in Frankreich hat, um das man sich kümmern muss, ob er telefonieren oder sich vielleicht umziehen möchte, sie könnten ihm einen Anzug besorgen, damit er bei seiner Ankunft präsentabler aussieht, sie bestätigen, dass sein Antrag bearbeitet wird, auch wenn er gar nicht danach gefragt hat, versichern ihm, dass er wieder nach Frankreich zurückkehren kann, wenn das Gericht zu seinen Gunsten entscheidet. Érik, Virginie und Aristide finden, dass sie durchaus aufrichtig wirken, fast rührend in ihrem unbeholfenen Bemühen, eine einfache, lose Beziehung herzustellen, damit die Rückführung reibungslos abläuft.

Sie bringen ihn in eine andere Zelle für eine letzte Leibesvisitation, untersuchen seine Mundhöhle, erstellen eine Liste all seiner Habseligkeiten, um Missverständnisse bei der Ankunft zu vermeiden. Die beiden Beamten gehen mit ihm in den winzigen Raum, schließen Tür und Vorhang. Virginie und Aristide nutzen diese Atempause, um Érik allein zu lassen und sich draußen am Rand der Start- und Landebahnen ein bisschen die Beine zu vertreten.

»Achtung, Moskitos!«, ruft ihnen der Kollege am Schalter hinterher, ohne dass sie wüssten, ob es ein Scherz sein soll oder nicht. »Die haben hier Malaria ...«

Das riesige, glatte Rollfeld breitet sich unvermittelt vor ihnen aus. Ihnen wird ganz schwindlig vor lauter Weite. Nach der stickigen Enge im Auto und in den Containern atmen sie nun tief durch. Weiter entfernt, hinter dem Asphalt, erahnen sie die karge Flughafensteppe mit ihrem gelben Gras, ausgestanzt im Gegenlicht der Markierungslampen am Boden. Der Wind trägt den Geruch sonnenverbrannter Wiese zu ihnen. Drüben, am anderen Ufer, scharen sich Flugzeuge auf ihren winzigen Schleppern fächerförmig um Terminal 2. Sie sehen aus wie die willige Beute harmloser Schmarotzerfahrzeuge – Tanklaster, Gepäckzüge, Hebebühnen. Andere steigen in den Himmel empor, nächtliche Linien- oder Frachtmaschinen, die in der Dunkelheit verschwinden.

Drei Meter entfernt kennzeichnet eine Markierung auf dem Asphalt die willkürliche Grenze, die sie mangels Vorfeldgenehmigung nicht überschreiten dürfen.

»Hier gibt's Hasen«, sagt Aristide wichtigtuerisch.

Er behauptet, es wären so viele, dass man sie mit der Hand fangen kann. »Füchse auch.«

»Schon gut«, sagt Virginie. »Du glaubst auch wirklich alles, was man dir erzählt.«

»Und sogar Wildschweine.«

Sie sehen aus, als warteten sie in irgendeinem entlegenen Vorort auf einen Bus, der niemals kommt.

»Auf jeden Fall gibt es Brombeeren, so viel ist sicher«, sagt Aristide und deutet auf eine magere, im Gestrüpp neben dem Gebäude verhedderte Ranke.

Er geht hinüber, hockt sich hin, um eine Handvoll davon zu pflücken, und bietet sie Virginie an. Sie isst eine, schwarz und aromatisch, noch warm von der Sonne. Dann schaut sie erschrocken auf die Uhr.

»Wann hast du den Termin morgen früh?«, fragt Aristide.

»Um acht.«

»Gehst du alleine hin?«

»Nein.«

»Mit Thomas?«

Sie mag nicht, wenn er seinen Namen ausspricht. Es ist nicht das erste Mal, dass er ihr so eine alberne kleine Falle stellt, um herauszufinden, ob er auf dem Laufenden ist.

»Ich gehe mit einer Freundin hin.«

»Welcher?«

»Du kennst sie nicht.«

»Welche ist es?«

»Magali.«

»Das ist gut. Genau das braucht man beim Abtreiben: eine Freundin, die Magali heißt.«

Sie hasst dieses Wort, abtreiben, er benutzt es absichtlich.

Sie fragt sich, was ihr von dieser Nacht bleiben wird, wenn sie nur noch eine verschwommene Erinnerung ist, wenn sie selbst alt und tattrig ist. Und Aristide? Einmal hat er ihre Hand gestreichelt, als sie beide allein im Auto waren. Er hat sie an seine Lippen geführt, um sie zu küssen. Erinnert er sich noch daran? Sie fühlt sich ein bisschen beschwipst. Seit heute Mittag hat sie nichts gegessen außer dieser Brombeere und ein paar Pommes. Ein anderes Mal hat er sich über sie gebeugt, um nach etwas zu angeln, und dabei seine Wange an ihrem Arm gerieben wie eine Katze. Erinnert er sich daran noch?

»He, bist du auf Stand-by, oder was?«

Aristide schnipst mit den Fingern vor ihrem Gesicht.

Die Minuten verrinnen, und sie fühlen sich nutzlos. Der Tadschike steht nicht mehr unter ihrer Verantwortung. Sie wissen, dass sie umsonst warten, nur wegen einer Art sinnloser administrativer Etikette.

Érik kommt zu ihnen, stört ihre Intimität. Seine bloße Anwesenheit macht sie befangen.

»Du wirst an einem qualvollen Hodenkrebs sterben«, verkündet Aristide.

Virginie kann ein nervöses Lachen nicht unterdrücken, als sie das Urteil hört, was wiederum Érik und Aristide zu einem Grinsen berechtigt.

»Weißt du noch«, sagt Érik, »in deinem ersten Dienstjahr, dieser schizophrene Vater, der seinen vierjährigen Jungen getötet hat, bevor er Selbstmord beging?«

»Ja, das weiß ich noch.«

»Erinnerst du dich an die Schreie der Mutter?«

Aristide nickt.

»Ich kenne die Adresse bis heute auswendig, samt Stockwerk und Türcode. Soll ich ihn dir aufsagen?«

»Nein, ist schon gut.«

»Ich bin kein Apportierhund.«

27.

Als es Zeit ist, an Bord zu gehen, bildet sich ein kleiner Konvoi - ein Streifenwagen vorneweg, gefolgt von zwei Mannschaftsbussen. Ihre eingeschalteten Blaulichter huschen geräuschlos über Ériks, Virginies und Aristides Gesichter.

Die beiden Rückführungsbegleiter verlassen mit Asomidin Tohirov das Gebäude. Sie haben ihm die Handschellen wieder angelegt und ihn in ihre Mitte genommen wie zwei Gendarmen. Sie betreten das Rollfeld, gehen auf den vorderen Gruppenwagen zu. Im hinteren sitzen ein paar Mann Verstärkung für den Notfall. Ein Mitglied der Eingreiftruppe trägt einen Gurt, an dem eine Kamera befestigt ist, um das Boarding zu filmen, damit, sollte es Schwierigkeiten geben, bewiesen werden kann, dass die Rückführer sich korrekt verhalten haben.

Nach ein paar Metern dreht Asomidin Tohirov sich ein letztes Mal zu ihnen um. Seine Finger sind in den Ärmel eines seiner Begleiter verkrallt, sein Gesicht ist aschfahl vor Entsetzen. Er stolpert, als wolle er Zeit gewinnen, als wolle er die drei am Rand der Transitzone gebliebenen Polizisten auf sich aufmerksam machen. Mit unsicherer Stimme ruft er ihnen etwas auf Tadschikisch zu, seiner Muttersprache, die sie nicht verstehen. Virginies Herz beginnt unter ihrer kugelsicheren Weste wie wild zu rasen. Sie fährt sich nervös über den Mund, ahnt, dass in ihrem Innern etwas still und leise nachgibt. Sie versucht die Tränen wegzublinzeln, doch eine von ihnen schlüpft unter dem Lid hervor, löst sich, rinnt ihre Nase entlang bis zum Mund. Sie tropft wie ein schlecht zugedrehter Wasserhahn. Es kommt ganz automatisch, eine Art Reflex als Folge dieses aufreibenden Tages, sie weiß, dass sie nichts dagegen tun kann, es bringt nichts, sich am Riemen zu reißen. Doch Asomidin Tohirov bemerkt diese heimlichen Tränen, er sieht die Polizistin weinen. Tatsächlich scheint er endlich zu begreifen, dass diese drei dort ihm nichts Übles wollten, dass es ein Missverständnis war, es gab keine Falle. Er war zu dumm, ihre Absichten rechtzeitig zu entschlüsseln, den Strohhalm, den sie ihm gereicht haben, zu ergreifen, im passenden Moment ein Risiko einzugehen. All das versteht er mit einem Mal - und vor allem, dass es nun zu spät ist, viel zu spät. Virginie entgeht seine plötzliche Erregung nicht, sie ahnt, dass ihrem Häftling gerade ein Licht aufgeht, erfasst die Tragik seines Bedauerns. Sie kann beobachten, wie dieser Mann, der im Auto totenstarr war, hier auf dem Rollfeld zu sich kommt, erwacht, als hätte ihn jemand aus dem Schlaf gerissen. Jetzt windet er sich im Griff der Grenzpolizisten, brüllt wie am Spieß, blind vor Wut gegen die ganze Welt, die Schleuser, die Polizei, gegen sich selbst, dass er gewartet hat, dass er nun keine Wahl mehr hat.

»Ma-dame! Ma-dame!«, stammelt er verstört.

Er ruft sie vom jenseitigen Ufer aus, fleht mit seinen Blicken, wo doch alles gesagt ist. Virginies Tränen laufen immer weiter, tropfen von ihrer Nase, rinnen ihr über Wangen und Mund. Sie versucht nicht, sie abzuwischen, ist nur noch Beobachterin, selbst machtlos an der Schwelle des Unglücks, hinter einer weißen Demarkationslinie, die so akkurat gezogen ist wie die Grundlinie eines Tennisplatzes. Sie senkt den Blick auf diese Linie vor ihren Füßen, als würde sie ihn von einer klaffenden Wunde abwenden. Der andere dort drüben beginnt mit unerwarteter Kraft um sich zu treten, und die Begleiter wissen, dass es Zeit ist durchzugreifen. Dieser Mann ist genau so unberechenbar, wie sie befürchtet haben, sie hatten recht, ihm zu misstrauen. Sie werfen ihn zu Boden, drücken ihn auf den Asphalt, seine Arme fest an den Körper, während er weiter schreit und schreit. Sie fesseln ihn mit Kabelbindern, seine Knöchel, seine Knie, seinen Oberkörper. Umwickelt wie eine Mumie, bleibt ihm nur seine Stimme, die er heiser brüllt.

Als sie ihn fertig verschnürt haben, heben die Rückführer ihn auf wie ein Paket, verfrachten ihn in den Mannschaftswagen und schließen die Tür hinter seinem Geschrei.

Die drei Fahrzeuge rasen zum Terminal mit seinen strahlenförmig abgehenden Passagierbrücken.

Die Aussegnung ist beendet.

Auf dem Gelände wird es wieder still.

28.

Virginie tritt mit wackligen Beinen einen Schritt zurück.

»Los, wir hauen ab«, sagt Érik beklommen.

Er geht noch einmal in den Polizeicontainer und diktiert dem Beamten am Schalter seine Handynummer.

»Wie gesagt, eigentlich müssen Sie bis zum Start hierbleiben.«

»Wir kommen wieder, wenn es ein Problem gibt. Es reicht jetzt«, erwidert er knapp.

Sie setzen sich in ihren Wagen, um nach Hause zu fahren, zurück ins 12. Arrondissement, und endlich einen Haken hinter diesen Tag zu machen.

Virginie füllt ihre Uniform nicht mehr aus. Sie hält die Hosenbeine hoch, damit sie nicht drauftritt.

Sie lässt sich auf den Rücksitz fallen wie ein nasser Sack, fix und fertig. Ein paar Münzen glitzern im Fußraum. Der leere Platz neben ihr nimmt immens viel Raum ein.

Érik fährt los, zurück zur Autobahn, lässt das technische Versorgungszentrum und die Heiz- und Kühlanlage hinter sich, umrundet den Langzeitparkplatz, die Schutthalde und passiert in umgekehrter Reihenfolge das Parkhaus, den Bürokomplex und das Air-France-Gebäude.

Während sie aus dem Fenster starrt, zieht Virginie mechanisch alle Spangen aus ihrem Haar, löst mit ein paar Handgriffen die vorschriftsmäßige Frisur. Befreit ergießen sich ihre offenen Haare über die kugelsichere Weste, fallen weich auf den Brustpanzer. Aristide sieht sie über seine Schulter hinweg an. Érik verdreht den Rückspiegel, verlangsamt unwillkürlich das Tempo. Im Dienst haben sie sie immer nur mit festgesteckten Haaren gesehen. Sie schlingt sich die Arme um die Brust, die Wimpern noch feucht, ungezähmt, verzweifelt, schön wie nie.

Einen Moment lang hängt ein überraschender, beißender Geruch in der Luft. Ungewollt hat sie die letzten Ascheflöckchen des Brandes verteilt, die sich bei dem Halt in Vincennes in ihren Haaren festgesetzt hatten.

»Alles okay?«, fragt Aristide behutsam, als er sieht, wie blass sie ist.

Sie spürt, wie ihr säuerliche Spucke in den Mund schießt.

»Halt an!«, schreit er, an Érik gewandt.

Noch ehe der Wagen steht, öffnet sie die Tür und übergibt sich in den Straßengraben. Sie richtet sich wieder auf, beugt sich noch einmal vor, übergibt sich ein zweites Mal, flucht mit rauer Stimme. Dann setzt sie einen Fuß auf den Asphalt, steigt über den Galle-Stern hinweg aus dem Auto und atmet tief durch, die Stirn mit feinen Schweißperlen bedeckt.

Wir haben heute den Europäischen Gerichtshof für Menschenrechte angerufen, um die Ausweisung zu verhindern. Wir rechnen jede Minute mit einer Antwort. Spätestens morgen früh.

Sie haben den Flughafenzubringer noch nicht verlassen.

Virginie macht ein paar Schritte auf dem schmalen Bürgersteig neben der Auffahrt, bleibt stehen.

Sie hätten ihn besser in seiner Zelle verbrennen lassen, das wäre weniger verlogen gewesen.

Sie lauscht auf das eintönige Dröhnen der Triebwerke, unter das sich ein hohes Pfeifen mischt, leicht zitternd wie eine zu lange gehaltene Note. Einen Moment bevor ihre Turbinen zu hören sind, erheben sich die Flugzeuge über die Terminals, fliegen am Tower vorbei, drehen langsam ab. Sie geht noch ein Stück die Auffahrt hinunter, entfernt sich vom Wagen.

Aristide und Érik steigen aus und rufen ihr hinterher, aber sie hört sie nicht. Sie wird schneller, dann trabt sie am Fahrbahnrand entlang, setzt über die Brüstung, rennt die grasbewachsene Böschung hinab, fällt auf den Hintern, fragt sich, was sie da tut. *Die haben es wohl eilig, wollen so schnell wie möglich abschieben, wie? Habt ihr Angst vor der Antwort?* Sie steht wieder auf, torkelt, als wäre sie betrunken. Sie ist dabei, Scheiße zu bauen, das weiß sie. Am Fuß der Böschung rennt sie in kleinen Schritten weiter, verschiebt jede Überlegung auf später, konzentriert sich allein auf ihre Atmung, ihren Herzschlag, ihre geschmeidigen Glieder, die harten Knochen, die bei jedem Tritt vibrieren, diesen Körper, der ihr einziges Fortbewegungsmittel ist. Sie folgt der

Shuttle-Strecke, springt an Betonmauern hoch, nimmt den kürzesten Weg. Sie grätscht über die Leitplanke, überquert eine Zufahrtsstraße, zögert, rennt unter dem Bündel übereinandergelegter Spuren hindurch, dribbelt zwischen den schnell um die Kurve kommenden Autos auf die andere Seite und sprintet den Gehweg vor Terminal 2 hinunter. Im Laufen rafft sie ihre Haare zusammen, verdreht sie irgendwie im Nacken zu einem improvisierten Knoten. Was machen wir nur mit dir?, fragt sie sich. Man muss sie einsperren, anbinden, das ist die einzige Möglichkeit. Sie erreicht den Taxistand, den Kiss-and-Fly-Bereich, die typischen Bandwürmer der ineinandergeschobenen Gepäckwagen. Sie verlangsamt ihren Schritt, damit die automatischen Schiebetüren ihr den Weg freigeben können, stürzt sich in das betriebsame Hauptschiff der Abfertigungshalle mit seinem ewigen künstlichen Tageslicht. Sie rennt Slalom zwischen Touristen, Hartschalenkoffern, deren ausfahrbare Griffe als Jackenständer dienen, Werbeaufstellern für Uhren, Parfums, Kreditkarten. Die Waffe schlägt gegen ihren Oberschenkel. Die Leute weichen ihr aus, fragen sich zweifellos, wen sie verfolgt und wieso sie ganz allein ist. Sie passiert die Check-in-Schalter, die Folien-Stände, die Wechselstuben, die Geldautomaten, wirft einen Blick hinter sich, stellt fest, dass Aristide ihr dicht auf den Fersen ist, und legt noch einen Zahn zu. An der Abflugtafel bleibt sie eine Sekunde stehen, findet das Gate und startet sofort wieder durch. Sie rennt, so schnell sie kann, weil man weniger Angst hat, wenn man außer Atem ist. Vor der Sicherheitskontrolle schneidet sie die mehrfach gewundene Schlange der Passagiere, doch als sie sich den Gepäckscannern nähert und rasch unter dem Metalldetektor hindurchgeht, tritt ihr einer der Sicherheitsbeamten in den Weg. Wütend und zerzaust baut sie sich vor ihm auf.

»Es gibt ein Problem mit einem Abschiebehäftling im nächsten Flug nach Istanbul! Ein Mann, für den meine Einheit verantwortlich ist!«

Ihr Gesicht ist ziegelrot mit weißen Flecken. Sie klingt so verzweifelt und alarmiert, dass der junge Mann, hin- und hergerissen zwischen dem Respekt vor ihrer Uniform und seinen Vorschriften, die es der Landespolizei nicht erlauben, ohne Genehmigung den Transitbereich zu betreten, fürchtet, einen großen Fehler zu begehen.

»Haben Sie einen Zugangspass für den Flughafen?«

Virginie sieht sich rasch um, registriert die Menge der Passagiere, die besorgten Blicke der umstehenden Sicherheitsleute, die jeden Moment einschreiten werden, Aristide, der im Laufschritt näher kommt, um ihr gleich hier den Garaus zu machen.

»Nein, ich bin nicht berechtigt, aber darum geht es nicht!«, faucht sie, als könne ihr Gegenüber ganz und gar nicht ermessen, was auf dem Spiel steht.

Sie dreht sich noch einmal um, sieht Aristides athletischen Körper direkt auf sie zusteuern.

»Madame, wenn Sie weder zur Grenzpolizei gehören noch eine Zugangsgenehmigung oder eine Bordkarte haben ...«

Sie hört nicht mehr hin, sieht nur noch Aristide auf sich zukommen und bereitet sich auf das Gemetzel vor. Das wird die Standpauke ihres Lebens - sie weiß, dass sie sie verdient hat, und wie! –, eine peinliche und beschämende Szene, sie würde sich nicht wundern, wenn er sie hier vor allen Leuten am Kragen packen und zum Auto zurückschleifen würde wie ein ungezogenes Kind. Aber Aristide zückt, was er sonst nie tut, seinen Dienstausweis und hält ihn dem jungen Security-Mann unter die Nase, der nach Luft schnappt wie ein kleiner Vorstadt-Ganove ohne Abitur, dem eine Flughafensicherheitsfirma eine zweite Chance gegeben hat.

»Hier, kannst du das lesen?«, schreit Aristide mit vor Zorn sprühenden Augen.

Er baut sich vor ihm auf und fordert mit seiner dreisten Visage alle heraus, die Reisenden, die Kollegen, die Chefs, das gesamte Flughafenpersonal, Charles-de-Gaulle und seine drei Terminals.

»Und da, auf meiner Brust!? Kannst du lesen, was da steht? Da steht POLIZEI, verdammt!«

»Ich bedaure, aber Sie dürfen hier nicht durch«, haucht der junge Mann.

Als an der Seite eine Tür aufgeht und die Aufsicht der Security-Firma herbeieilt, packt Aristide Virginie am Arm, um die Sicherheitsschleuse ohne weitere Formalitäten zu passieren, überzeugt, dass keiner der Wachmänner es auf einen Zusammenstoß mit ihm ankommen lassen wird.

»Du bist komplett bescheuert!«, ruft Aristide ihr im Laufen zu, obwohl er selbst sie hier reingebracht hat. »Man merkt es dir nicht gleich an, aber du bist verrückt, total verrückt! Und das weißt du auch!«

Er mustert sie von der Seite, ohne zu verstehen, verwirrt von dieser jungen Frau, die ihn dämlich angrinst.

»Hast du getrunken, oder was?«, fragt er.

Sie lacht ein bisschen hysterisch, wie ein Kind. Ihre Gesichter leuchten kurz auf, als wären sie den Erziehern entwischt, den Betreuern, all den Nervensägen, ohne die das Schullandheim so viel mehr Spaß machen würde.

»Vollkommen gaga, das Mädel!«

Sie hasten im Laufschritt die Flure hinunter, über den abgeschabten Teppichboden, vorbei an Duty-free-Shops, Wartebereichen, Zwischenebenen, landen in der gigantischen Haupthalle in Form eines umgekehrten Schiffsrumpfes, der sich mit all seinen Lichtern gegen das schwarze Meer der Nacht stemmt. Hinter den spiegelnden Panoramafenstern schimmern die Positionslampen der Flugzeuge. Im Schutz der Uniform, die sie in den Augen der Leute rechtfertigt, verfolgen sie weiter ihren imaginären Flüchtigen, sind plötzlich froh über die Weste, die hochrutscht, die knarzenden Kampfstiefel, das ganze Geraffel an ihrem Gürtel, das sie klirrend ankündigt wie die Rassel eines Leprakranken.

Sie hätten sich mit Vaseline in den Leistenbeugen, Puder unter den Gummizügen und Pflastern über den Brustwarzen vorbereiten sollen, denn die Kleidung beginnt unangenehm zu scheuern. Eine ganze Weile laufen sie nun schon, ihre Schnellkraft lässt allmählich nach, sie wollen mit Wasser besprüht werden, sich eine Tube Energiegel reindrücken. Sie wissen, dass das Gehirn lange vor dem Körper aufgibt, dass es besser gewesen wäre, sie hätten Ériks Rat befolgt und wären nicht gleich losgesprintet. Also schöpfen sie die Energie, die ihnen fehlt, aus den erstaunten Blicken der Reisenden, denen sie begegnen, all diesen vorbeihuschenden Gesichtern, die sofort wieder verschwinden, all diesen Urhebern unterschiedlichster Ordnungswidrigkeiten, diesen potenziellen Klägern, Peinigern, Opfern, dieser Vielfalt an Profilen, die sie sonst nie alle zusammen an einem Ort zu sehen bekommen, diesen kaukasischen, nordischen, asiatischen, afrikanischen Zügen, gefundenes Fressen für ihre Personenbeschreibungsbogen, diesen kunterbunten Kleidern, lauter Uniformen, genau wie ihre, all diesen Menschen, die sie täglich unterstützen und beschützen und die sich nie bei ihnen bedanken.

»Deine Spinnereien werden uns direkt vor die Dienstaufsichtsbehörde bringen.«

Ganz am Ende des Gangs beginnen die Reisenden nach Istanbul gerade mit dem Boarding. Virginie und Aristide strecken den Hostessen am Gate-Schalter ihre Ausweise entgegen, ignorieren ihre Fragen, setzen sich über ihren Widerstand hinweg, schieben sie einfach so beiseite wie Hilfspersonal und stürzen sich in die Passagierbrücke, die unter ihren schweren Stiefeln erzittert.

Der Lärm des Flughafens verklingt hinter ihnen. Das grelle Licht erlischt in einem plötzlich hereinbrechenden Abend. Die Biegungen und Ziehharmonikawände schlucken das Getöse, tauchen sie unvermittelt in schummriges Halbdunkel. Mit dröhnenden Schritten folgen sie dem gerippten Schlauch, der immer weiter bergab führt, sich um riesige Gelenke windet, einen Kreis beschreibt und endlich in ein erleuchtetes Viereck mündet.

Am Eingang zur Maschine zeigt die sehr akkurate, hübsche Stewardess einer Familie ihre Plätze, ehe sie sich ihnen mit einem freundlichen Lächeln zuwendet.

29.

Virginies zerzauster Aufzug - die unförmige Hose, das knallrote Gesicht, die schweißtriefende Stirn, die aus dem improvisierten Knoten gerutschten Strähnen - kontrastiert scharf mit dem Pariser Schick der Stewardess, die im perfekt sitzenden marineblauen Kleid und mit straffem Dutt im Haarnetz vor ihnen steht.

»Wir müssen mit dem Flugkapitän sprechen«, sagt Virginie und betritt dabei die Maschine.

»Worum geht es?«

Die Stewardess sucht nach einem Abzeichen, einem Aufnäher, einem Zugangspass an ihren Uniformen.

»Holen Sie den Kapitän«, befiehlt Virginie, die ihre Gedanken erraten hat.

Sie ist selbst erstaunt darüber, wie autoritär ihre Stimme klingt, der die Verzweiflung jedes Zögern nimmt. Nervös späht sie ins Cockpit, erkennt das grünlich schimmernde Armaturenbrett, die Navigationsinstrumente, das zentrale Steuerpult.

Endlich schält sich der Pilot aus seiner Kanzel und begrüßt die beiden Polizisten mit einem Kopfnicken.

»Sie haben einen Ausländer an Bord dieser Maschine, der in seine Heimat abgeschoben werden soll«, erklärt Virginie. »Wir haben seinen Transfer von Vincennes hierher übernommen. Sie wissen doch, dass er sich seiner Ausweisung widersetzt, oder?«

Der Pilot hört zu, ohne zu verneinen oder zu bestätigen, wartet ab, was sie noch zu sagen hat. Schnell spricht sie weiter, ehe sie der respekteinflößenden Wirkung seiner Uniform erliegt, dem schicken Zweireiher, der seine Schultern breiter wirken lässt, der eleganten Bundfaltenhose und dem geflügelten Abzeichen.

»Er hat uns im Wagen während der gesamten Strecke die Hölle heißgemacht. Schon als wir ihn abgeholt haben. Wir mussten ihn mit Küchenpapier abwischen, ehe wir losfahren konnten. Was soll ich sagen ... Er hatte sich mit seinen eigenen Exkrementen eingeschmiert. Einfach so. Und das ist schon der zweite Rückführungsversuch. Beim ersten Mal hat er eine Flasche Shampoo ausgetrunken.«

Sie streut Sand ins Getriebe. Spucke läuft in ihrem Mund zusammen, um ihre Stimme zu ölen, ihr zu helfen, die Dinge um ihre Idee herum zu sortieren.

»Angesichts der Szene, die er uns auf dem Rollfeld gemacht hat, haben wir große, äußerst große Bedenken. Sie können sich weigern, einen Passagier an Bord zu nehmen, nicht wahr? Ich sage das nur, damit Sie, ich ...«

In der folgenden Stille ist es, als könnte man zwischen ihnen die Würfel des Schicksals rollen hören. Der Kapitän betrachtet diese Frau, die da in sein Flugzeug geplatzt ist, ihre wie Flammen züngelnden Haare, diese vollkommen ungewöhnliche Sturmfrisur, die ihr etwas von einer Ausreißerin verleiht. Der Spießgeselle an ihrer Seite hat ein festgefrorenes schiefes Grinsen im Gesicht, das man auch als Provokation verstehen könnte. Sie bilden ein ziemlich komisches Gespann, die beiden, und vielleicht lässt genau das sie in diesem Moment glaubwürdig erscheinen. So eine Geschichte denkt man sich nicht aus. Der Pilot will fragen, wieso nicht die Bundespolizei ihn benachrichtigt, doch dann überlegt er es sich anders. Am Ende kommt es aufs Gleiche raus, er hat einen Störenfried an Bord. Er schnaubt verdrossen.

»Warum muss das schon wieder uns treffen?«, fragt er seine Kabinenchefin, wie um sie als Zeugin und Komplizin heranzuziehen.

Es wäre nicht das erste Mal, dass eine Rückführung seinen Flug behindert.

»Die jubeln uns immer die Typen unter, die Ärger machen«, murrt er.

Er schimpft ein bisschen. Doch damit täuscht er niemanden. Er ist den beiden Polizisten dankbar, dass sie ihn gewarnt haben.

»Folgen Sie mir«, sagt er entschieden.

Sie schlängeln sich zwischen den im Gang stehenden Passagieren hindurch, Müttern, die ihre Taschen in die Gepäckfächer stopfen, Geschäftsleuten, die sich gerade auf ihrem Platz einrichten, Paaren jeden Alters, vergnügten Rentnern. Der Pilot durchquert das Flugzeug bis zur hinteren Bordküche. Asomidin Tohirov und seine Begleiter sitzen in der letzten Reihe der Economy-Class. Der Tadschike ist wie ein Kind zwischen den beiden Beamten eingeklemmt, die Arme mit Kabelbinder am Körper fixiert. Als er sie kommen sieht, zuckt er zusammen, starr vor Erstaunen. Auch seine Begleiter starren die beiden Polizisten fassungslos an. Sie sind vor den regulären Reisenden eingestiegen. Der Leiter der Begleitschutzeinheit hat das Flugzeug verlassen und ist mit seinem Konvoi übers Rollfeld wieder zurückgefahren. Und jetzt kommen die hierher zu ihnen, obwohl sie doch gleich starten sollten.

»Meine Herren, ich habe gehört, dass es ein Problem mit Ihrem Passagier gibt«, spricht der Kapitän sie an.

»Ein Problem?«

»Mir wurde gesagt, dass er sich seiner Rückführung widersetzt.«

»Nein, er ist friedlich, sehen Sie«, erwidert der Kräftigere, verwundert über diese Diskussion mit dem Piloten ein paar Minuten vor Abflug.

»Sie meinen, es gab keinen Zwischenfall? Ich sehe doch, dass der Herr gefesselt ist.«

»Weil er sich bei der Überführung etwas gewehrt hat, aber das kommt vor. Inzwischen ist es vorbei, er hat sich beruhigt.«

»Trotzdem haben Sie ihm die Kabelbinder nicht abgenommen«, bemerkt Virginie.

»Wenn wir sie erst mal angelegt haben, nehmen wir sie bis zur Ankunft nicht mehr ab, das ist so üblich. Aber was mischen Sie sich überhaupt ein? Wer sind Sie? Ich glaub's ja gar nicht.«

Asomidin Tohirov macht ein ebenso entsetztes Gesicht wie die beiden Beamten links und rechts von ihm. Inzwischen hat er sich wieder in sein Schicksal ergeben, ist diesen schwierigen Weg zurückgegangen, erschöpft von seinem Widerstand auf dem Rollfeld und von der darauf folgenden Gewalt. Jetzt sitzt er hier, fest verschnürt, bereit, sich seinen Begleitern zu fügen, und erwartet nervös den Start, da er noch nie zuvor geflogen ist. Das erneute Auftauchen von Virginie und Aristide bringt ihn völlig durcheinander.

»Wir fürchten um die Sicherheit des Fluges«, versucht Virginie es aufs Neue, sie will sich noch nicht geschlagen geben.

»Für die Sicherheit des Fluges sorgen wir«, gibt der andere, dünnere Begleiter knapp zurück. »Der macht keinen Ärger mehr, sehen Sie ihn sich doch an! Wirklich, ich verstehe nicht, was das soll.«

»Vielleicht, aber Sie wissen auch nicht, was er unterwegs so alles angestellt hat«, erwidert Virginie nebulös, um den Piloten weiter zu beunruhigen. »Dem fällt schon noch was ein! Wir warnen Sie nur, das ist alles.«

»Wir überlassen ihn euch gern, wenn ihr wollt«, bietet Aristide sportlich an.

»Wie gesagt, uns geht es nur um Sie«, wiederholt Virginie in der Hoffnung, mit ihrer aufgesetzten Gleichgültigkeit das Zögern des Piloten zu beenden.

Aber sie merkt, dass ihre Stimme schon weniger fest klingt, dass ihr Bluff zum Heulen durchsichtig ist. Sie ist nicht überzeugend genug. Sie müsste sofort weitere Argumente auffahren, mehr Beispiele dafür anbringen, wozu der Tadschike fähig ist, beharrlich weiterreden, um sie zu zermürben, bis sämtliche Einwände weggefegt sind und alle Schiss haben.

»Das ist es nicht ...«, seufzt der Pilot.

Er sieht genau, dass der Abzuschiebende nicht so gefährlich wirkt, wie sie behauptet haben, und dass er im Moment auch kaum zur Bedrohung werden dürfte, verschnürt, wie er ist. Er schaut sich rasch um. Die Passagiere können ihre Neugier kaum verbergen, äußern aber keine Solidarität, wie es sonst manchmal vorkommt. Wenn es ein bisschen Tumult gäbe, wenn ein paar Leute für den Häftling Partei ergreifen würden, wäre er berechtigt, den Verbleib des Passagiers an Bord infrage zu stellen. Leise erklärt er es Virginie, weiht sie in die Geheimnisse der protokollarischen Vorschriften ein, um seine Verlegenheit zu kaschieren:

»Also, ich verstehe schon, was Sie sagen. Aber ich kann nicht einfach so beschließen, den Herrn aussteigen zu lassen. Ich muss das vor meinen Vorgesetzten begründen, es muss der zuständigen Behörde gemeldet werden. Doch ich sehe im Moment, im Verhalten dieses Passagiers, keinen Anlass zu der Sorge, dass er eine ernsthafte Bedrohung für die Sicherheit des Fluges darstellen könnte, verstehen Sie? Er wird eskortiert. Das Risiko von Ausschreitungen in der Kabine besteht nicht. Wenn es Beschwerden gäbe, wenn sich jemand für ihn einsetzen würde und ich fürchten müsste, dass zwanzig Leute während des Fluges aufstehen und die Maschine aus dem Gleichgewicht bringen, dann schon. Doch das ist nicht der Fall ...«

Virginie folgt seinem verstohlenen Blick über die Sitzreihen. Die Stille um sie herum trifft sie wie ein Schlag. Sie sieht ihre Felle davonschwimmen, verloren in der gedämpften Atmosphäre der Flugkabine, deren Teppiche und Sitzpolster jedes Geräusch sofort verschlucken. Jegliche Gewalt scheint aus diesem Raum ohne Ecken und Kanten gewichen zu sein, diesem glatten Flugzeugrumpf, aus der erwartungsvollen Anspannung dieser Menschen, die zu einer Reise aufbrechen: den pensionierten Französischlehrern in billigen Fleecewesten, den Türken in weißen Safarijacken, den bei Décathlon eingekleideten Großstadtabenteurern, den Pariser Wohlstands-Bohemiens, die sich ihrer Männlichkeit so gewiss sind, dass sie orange- oder bonbonrosafarbene Hosen tragen, diesen kleinen Französinnen aus der Mittelklasse mit Pluderhosen und blonden Afrozöpfchen, die gegen die Konsumgesellschaft wettern.

»Wir bekommen Besuch«, bemerkt Aristide, als er die Bundespolizei zwischen den Sitzreihen auftauchen sieht.

Der Flugkapitän blickt Virginie beinahe entschuldigend an. Langsam wird es ziemlich voll in seiner Maschine. Seit einigen Minuten blockieren sie nun schon den zentralen Gang, in dem keine zwei Personen aneinander vorbeigehen können. Die Kabinenchefin hinter ihnen hat der Kollegin vorn bereits Zeichen gegeben, sie solle das Boarding hinauszögern. Mit einer höflichen Grimasse gibt der Pilot Virginie zu verstehen, dass er nicht frei über seine Zeit verfügen kann.

»Wir wurden vom Stab der Pariser Polizeidirektion mit dem Personentransport beauftragt«, wirft Aristide den Grenzpolizisten hin, die sie inzwischen erreicht haben.

»Und ich bin die Königin von England, nur sieht man das nicht«, gibt der Mannschaftsführer trocken zurück.

Sie sind hier, um die beiden Flachpfeifen rauszuschmeißen. Virginie ahnt, dass sie nichts mehr tun können, dass sie ihr Pulver verschossen haben. Aus und vorbei. Sie sieht den Tadschiken ein letztes Mal an, diesen unmöglichen Menschen, der, von Folter und Angst zerrüttet, immer im falschen Moment reagiert. Ein Kerl, der sechs Monate lang marschiert ist, nur um ihr heute Abend in die Quere zu kommen. Passt auf, der fängt wieder an zu schreien, sobald sie aus dem Flugzeug draußen sind. Er hat bei allem Verspätung, und sie kann nichts mehr für ihn tun. Sie nickt ihm mit einem schmerzlichen Lächeln zu.

Die Bundespolizisten versuchen, an Aristide vorbeizukommen, der sich schützend und um Zeit zu schinden vor Virginie stellt. Über seine Schulter hinweg fragen sie schließlich die beiden Rückführungsbegleiter, was hier eigentlich los ist.

»Wir verstehen es auch nicht. Die Situation ist vollkommen unter Kontrolle«, versichert einer der beiden und bleibt demonstrativ sitzen.

»Sie sind nicht berechtigt, sich an Bord dieses Flugzeugs aufzuhalten«, sagt der Beamte, bestärkt durch die Äußerung des Begleiters.

Virginie und Aristide sind in ihre Hoheitsgewässer eingedrungen. Sie gehören derselben Behörde an, doch es gleicht einer Grenzverletzung.

»Und was ist mit euch, dürfte ich mal eure Bordkarte sehen?«, fragt Aristide, den plötzlich die Lust überkommt, seinen neuen Kumpel herauszufordern.

»Verschwindet«, befiehlt der in einem Ton, der keine Widerrede duldet.

Der Satz klingt fast lächerlich in seinem aufs Wesentliche reduzierten Minimalismus. Geht, und zwar schnell. Und während Aristide weiter einen auf dicke Hose macht, versteht Virginie, dass allen die Geduld ausgeht, dass sie jetzt schleunigst abhauen sollten, wenn sie noch einigermaßen glimpflich aus der Sache rauskommen wollen. Ein letztes Mal wendet sie sich an die beiden Rückführer und sagt in bitterem Ton:

»Wirklich einen tollen Beruf habt ihr da, Jungs.«

Sie errötet, als sie sich das sagen hört.

»Einer muss ihn ja machen«, antwortet der Erste.

»Genau«, echot der Zweite. »Und am besten kümmert sich jeder um seinen eigenen Scheiß!«

Virginie macht auf dem Absatz kehrt und folgt dem Piloten, Aristide und den Bundespolizisten im Gänsemarsch an den Sitzreihen vorbei. Sie drängen sich durch den Gang, wobei sie die Passagiere mit ihren Schlagstöcken, Tränengasdosen und Schusswaffen streifen, groteske Requisiten eines Stückes, dessen Aufführung nicht für diese Kulisse gedacht ist.

Von den Sicherheitsmännern informiert, erwarten ein paar Beamte sie in der Tür des Flugzeugs, verlangen von Aristide eine Erklärung. Die Prozession kommt zum Stehen. Virginie hört, wie der Ton schärfer wird. Sie sind vom Leitungsstab der Pariser Polizeidirektion zur Verstärkung abkommandiert worden, erklärt Aristide und behauptet, sie wüssten nichts von den am Flughafen geltenden Vorschriften.

Draußen auf der Gangway, direkt vor der Tür, erkennt sie Ériks Stimme. Er ist gekommen und versucht, ihnen aus der Patsche zu helfen, bahnt sich einen Weg, mischt sich in die Diskussion ein, ehe sie ausartet. Sofort sinkt der Geräuschpegel. Sie hört, wie er die Bundespolizisten bittet, eine Ausnahme zu machen, auf die besondere Situation verweist, den Brand in Vincennes, ihre offensichtliche Unkenntnis der Sicherheitsvorschriften. Er ringt sich sogar ein kleines Lachen ab, das sehr überzeugend und natürlich klingt, wie er findet, um die Gemüter zu beruhigen, die Kollegen milde zu stimmen. Die Rangordnung verschiebt sich unmerklich, Aristide und Virginie sind nur noch Fußsoldaten, die seinem Befehl unterstehen. Érik nimmt ihr Fehlverhalten auf seine Kappe, hinter dem jedoch eine gute Absicht steckte. Dumm, bedauerlich, aber dennoch mit guter Absicht. Er entschuldigt sich persönlich im Namen aller, als wäre der Sache damit Genüge getan, als hätten seine Kollegen sich nur versehentlich in das Flugzeug verirrt, und der Fall wäre erledigt. Sie haben hier nichts mehr zu suchen, das ist richtig und passt im Übrigen auch ganz gut, denn sie wollten gerade gehen. Geschickt beendet er sein Plädoyer genau im richtigen Moment, um die Angelegenheit herunterzuspielen. Wenn er noch weitere Erklärungen vorbrächte, würde er sie dadurch nur mehr belasten.

Der Tross setzt sich wieder in Bewegung. Als Virginie mit eingezogenem Kopf die Tür passiert, bleibt ihr Blick an einem Körbchen mit Erfrischungstüchern und einem Zeitungsständer neben dem Eingang hängen, die ihr beim Hereinkommen nicht aufgefallen waren und ihr nun entgegenzuschreien scheinen, wie ungerührt die Welt sich weitergedreht hat, während sie aus der Umlaufbahn geworfen wurden.

Ein Stück weiter legt Érik ihr eine Hand auf den

Rücken, vielleicht aus Anerkennung für ihren Mut, weil sie gezeigt hat, was in ihr steckt.

»Na, komm schon, für heute reicht es wirklich.«

Alle drei gemeinsam eilen sie jetzt mit großen Schritten den Teleskopgang entlang, gegen den Strom der Passagiere und dicht gefolgt von ihren Kollegen. Érik zieht nervös die Nase hoch, er weiß, dass es immer noch haarig werden könnte mit der Bundespolizei, dass sie es vielleicht nicht einfach so dabei bewenden lassen.

»Wir verdünnisieren uns, ehe sie es sich noch anders überlegen und uns kaltstellen wollen«, flüstert er Aristide und Virginie zu.

Da hebt Virginie den Kopf, als wäre sie gegen jede Sanktion gefeit. Sie macht Anstalten, auf die Kollegen vom Grenzschutz zu warten, und sieht ihnen ohne mit der Wimper zu zucken entgegen. Sie flößt ihnen beinahe Angst ein, so sicher scheint sie sich ihrer Sache zu sein. Es wirkt fast so, als wäre sie es, die die Bundespolizisten zum Wagen zurückbegleitet.

30.

»TN12 von TV12, Teilnehmer wieder auf Empfang. Bitte kommen.«

»TN12, hört.«

»Übergabe der Person an Einsatzkräfte der Bundespolizei ist erfolgt. Sind auf dem Rückweg.«

Sie verlassen Roissy, nehmen die Autobahn in die entgegengesetzte Richtung. Aristide sitzt wieder am Steuer.

»Den Grenzern hast du's ganz schön gegeben!«, ruft er amüsiert aus, um Érik seinen Dank auszudrücken.

»Danke«, bekräftigt Virginie kleinlaut.

»Verdammt, wenn man Freunde wie euch hat, braucht man keine Feinde mehr«, stößt Érik in einem Ton aus, der schroff klingen soll, aber seine Freude darüber, dabei gewesen zu sein, kaum verbergen kann.

Erschöpft wie eine Schauspielerin nach einer zu langen Aufführung, öffnet Virginie das Fenster, damit der Wind sie ohrfeigt, ihr die Luft tief in die Lungen drückt, ihre Wangen aufbläht, ihre Lippen peitscht. Vorne nehmen Érik und Aristide den Faden wieder auf.

Du brauchst auch auf den letzten dreißig Metern ein Auge für den Mitspieler. Der Laguna 2 ist eine Schrottkarre.

Sie verstummen, als sie nach Paris kommen, verwirrt, dass die Straßen noch an ihrem Platz sind.

Dann schaut Aristide in den Rückspiegel und bietet Virginie an, sie nach Hause zu bringen.

»Ein Abstecher mit dem Motorrad, ist echt kein Ding. Oder was hattest du gedacht, wie du heimkommst, Miss? Taxi? Nachtbus?«

31.

Im Vorort Raincy, vor dem Mietshaus, in dem Virginie wohnt, zieht Aristide sein Motorrad auf den Ständer.

Im orangefarbenen Schein der Straßenlaternen nehmen sie ihre Helme ab, sehen einander an wie zerzauste Küken.

Sie hat ihre Einsatzkleidung anbehalten, um nicht nackt und bloß in Zivil dazustehen, als hoffe sie noch immer, dass die Uniform sie vor sich selbst schützt. Sie lehnt sich an Aristides Brust, schlingt unter der ledernen Bomberjacke ihre Arme um seine Taille, hebt den Kopf und legt den Zeigefinger auf die Lippen, damit er jetzt bloß still ist, diesen Moment nicht mit einem ernüchternden »Fröhliche Weihnachten!« oder irgendeiner seiner üblichen Dummheiten zerstört.

Aber Aristide hat schon seit einer ganzen Weile begriffen, dass er dieser Frau nicht gewachsen ist, sie ist viel stärker als er, wie abwegig zu glauben, er könnte sie egal wovon überzeugen, alles Betteln wird ihm nichts nützen, sie ist nicht kleinzukriegen, und jetzt, nach diesem Abend, hat er den Eindruck, dass er sie liebt, ein klein wenig liebt, ein seltsames, ungewohntes Gefühl, das ihn zugleich schwächt und in die Lage versetzt hat, einen ganzen Trupp Grenzpolizisten ins Bockshorn zu jagen, so sehr fühlt er sich zu ihr hingezogen, und ihm dämmert, dass er ein bisschen in sie verliebt ist, genau, das sind die Worte, die ihm in den Sinn kommen.

Er merkt, wie ihm Tränen in die Augen steigen, denn auch er ist ziemlich erschöpft.

Schön sind sie, so verirrt in diese einsame Straße von Raincy - zwei Überlebende, die einander mit den Blicken festhalten, um nicht zu fallen. Sie küsst ihn ins Gesicht, auf gut Glück, durchsiebt ihn mit schnellen, gierigen Küssen auf Nase, Wangen, Mund und Kinn, dann befreit sie sich aus seinen Armen, lächelt ihn aufmunternd an, gerade genug, damit er ohne Theater nach Hause geht, dreht sich um und verschwindet in der Dunkelheit des Treppenaufgangs.

32.

Sie betritt die stille Wohnung, die Waffe an ihrem Gürtel ist ihr unangenehm.

Das Licht der Straßenbeleuchtung reicht aus, um festzustellen, dass die Möbel noch da sind: das Sofa im Wohnzimmer, der Couchtisch, der Flachbildschirm, die Spielzeugkisten, all diese Dinge, die auf sie gewartet haben, um ihr nun in den Augen wehzutun. Es ist nicht mehr die Ausweisung eines zum Tode Verurteilten, die ihr sonderbar vorkommt, auch nicht die Tatsache, dass sie zwei ihrer Kollegen beinahe zu Rechtsbruch und Befehlsverweigerung getrieben und sich dreist vier oder fünf Einrichtungen ein und desselben Flughafens widersetzt hat. Es sind die ihr mit einem Mal absurd erscheinenden Konturen dieser Gebrauchsgegenstände, die zusammengewürfelten Möbel, die Regalbretter, diese Reispapierlampe an der Decke, die Leuchtgirlande in der Ecke des Zimmers, die Giraffe zwischen den Sofakissen.

Sie erschauert plötzlich bei dem Gedanken daran, dass sie sich selbst aus diesem Leben ausgeschlossen hat, zu dem sie noch am Morgen dazugehörte. Tausende Male ist sie vom Wohnzimmer in Maxences Zimmer gegangen, und nun kommen ihr diese drei Schritte vor wie eine Ozeanüberquerung. Vorsichtig, um mit ihren Kampfstiefeln keine Spielzeuge aufzuwecken, bringt sie die letzten zwei Meter Teppichboden von der Türschwelle bis zu ihrem Sohn hinter sich. Sie beugt sich über das Gitterbett, hält ihre Hand über sein Gesicht, um seinen Atem an ihren Fingern zu spüren. Es ist so heiß, dass Thomas ihn nicht zugedeckt hat. Er schläft tief und fest, die Fäustchen in einem Klammerreflex geschlossen. Mit der Spitze ihres Zeigefingers fährt sie sacht über seine pummelige Wange, um zu spüren, dass es ihn wirklich gibt. Zu ihren Füßen erkennt sie seinen geliebten Kipplaster, sein Schiebebuch, das sie sich wieder und wieder bis zum Überdruss anschauen, die Küchenrolle, die er lachend im ganzen Zimmer verteilt hat, lauter Beweise seiner Existenz.

Sie irrt in die Küche, sieht durchs Fenster Richtung Hof in den Himmel über den Dächern, um sich zu vergewissern, dass es nicht schon hell wird. Sie kann nicht glauben, dass es bald wieder Tag wird. Das erscheint ihr im Moment unwahrscheinlich, verrückt, undenkbar. In zwei Stunden muss sie aufstehen, um ins Krankenhaus zu gehen, und dann wieder zurückkommen. Zurück in diese Wohnungsattrappe, und auf diesen Tag wird ein weiterer folgen und dann noch einer. Sie klammert sich an den Griff der Kühlschranktür, verharrt so einen Moment mit geballter Faust. Dann zieht sie leicht, der Verschlussmechanismus gibt lautlos nach. Reglos steht sie im arktischen Schimmer, den Blick verloren zwischen

Ablagen, Eiermulden und Butterfach. Ihr fällt ein, dass sie sich nicht von Érik verabschiedet hat. Was er wohl gerade tut? Hat er gegessen? Drückt er sich auch in seiner Küche herum? Sie schließt die Tür wieder, untätig, müßig, kann sich nicht entschließen, fürchtet, was kommen muss. Sie trinkt ein großes Glas Leitungswasser, dann noch eines, das sie nicht ganz leert und in die Spüle schüttet. Sie hört das Surren des Kühlschranks hinter sich, das leise Glucksen des Abflusses. Kurz hat sie Angst, sie hätte schon die ersten Vögel gehört, aber nein, die Nacht ist noch jung.

Auf der Türschwelle zögert sie einen Moment. Sie will ihre Uniform ausziehen, überlegt es sich dann jedoch anders. In voller Montur betritt sie das dämmrige Schlafzimmer. Thomas schläft in Unterhose quer über dem Bett, die Laken weggeschoben, ein Fuß hängt über den Rand der Matratze. Sie betrachtet seine Oberschenkel, die schlanken Waden, denkt, dass Männer fast immer schöne Beine haben und ihr Glück gar nicht zu schätzen wissen. Komplett angezogen legt sie sich neben ihn. Sie spürt die lebendige Wärme ihres Kopfkissengefährten, dieses Idioten, den sie immer noch ein bisschen liebt, dieses Dummkopfs, dem es immer noch gelingt, sie zum Lachen zu bringen, und der sich seit eineinhalb Jahren nicht mehr besonders viel Mühe gibt. Sie hebt die Hand und streichelt seinen Rücken, bis er sich im Halbschlaf umdreht und sie küsst. Sie berührt sein Gesicht, fährt sacht über sein Kinn, spürt das Piken seiner Bartstoppeln. Ihre weichen Lippen finden einander. Sie lässt nicht ab, bis er seinen Arm um ihre Taille legt. Er schmiegt seine Nase an ihren Hals, sie küsst ihn dicht neben dem Ohr. Im Halbdunkel tastet sich Thomas' Hand ihren Schenkel hinauf bis zum Po, bleibt am Gürtel hängen, am Relief der Dienstwaffe in ihrem Holster, die ihn plötzlich ganz wach werden lässt. Da ist ein Bulle in seinem Bett, der seine Hand nimmt und sie unter seine Bluse schiebt. Sie spürt, wie Thomas' Finger reagieren, von allein ihren Weg finden, wie ihre Brüste sich unmerklich aufrichten. Sie glaubt nicht wirklich daran, zweifelt, dass man die Lust so überrumpeln kann. Doch er öffnet den schweren Gürtel, zieht an ihrer dicken Männerhose, die nur darauf gewartet hat, herunterzurutschen, entblößt die nackte Haut, streift den Teleskopschlagstock, die Handschellen, die schwarze Pistolentasche ab, überrascht, erfreut, erregt von dieser uniformierten Gestalt neben sich, die wer weiß welchem Wunschtraum entsprungen ist, als hätte Virginie beschlossen, ihn mit einer kleinen Maskerade scharfzumachen, und er hätte die Wahl gehabt zwischen der neckischen Zofe, der folgsamen Krankenschwester, der strengen Sekretärin, und sich schließlich für die kesse kleine Polizistin entschieden. Thomas' Atem ist nicht unangenehm, er kommt ihr vor wie der Duft der Realität, der ihr in diesem seltsamen Moment Halt gibt. Ihre Hände klammern sich jetzt an seinen Nacken, ihre Lippen an seine, und während sie sich so heftig küssen, dass es wehtut, während er herunterrutscht, um sie an der Innenseite der Schenkel zu küssen, wo die Haut am zartesten ist, durchzuckt Virginie der Gedanke, dass sie vielleicht zum letzten Mal miteinander schlafen. Denn morgen, das hat sie vorhin in der Küche beschlossen, wird sie nicht nach Porte-Royal fahren, sie wird ihm alles sagen, dem Ahnungslosen, dass sie von einem anderen schwanger ist, einem Kollegen, der Aristide heißt, doch diese Aussicht lässt sie erstarren, denn die Wahrheit hat immer verheerende Auswirkungen, und sie hat keine Lust, alles kaputt zu machen, Thomas zu verlieren, ihre Familie in den Kinderschuhen zu zerstören, also wird sie ihm vielleicht doch nichts sagen, denn sie hat immer gedacht, dass die Wahrheit um jeden Preis kindisch ist, sie weiß es nicht, sie weiß es nicht mehr, als er in sie eindringt, endlich, also klammert sie sich an ihn, an sein wiedererwachtes Begehren, unfähig zu sagen, ob dieser aus dem Tiefschlaf gerissene Mann kommt, um sie zu retten oder um sich mit ihr ins Verderben zu stürzen, doch heute Nacht, heute Abend, in diesem Moment, nimmt sie, was das Leben ihr bietet, und plötzlich lächelt sie, weil ihr wieder einfällt, dass sie die Augen schließen und an Frankreich denken soll.

Danksagung

Dank an die Polizisten Alexandre, Andréa, Anne-Sophie, Axel, Bernard, Elvina, Hervé, Laurent, Marion, Marina, Mathieu, Mélanie, Rodolphe, Sarah et Sylvain, die ihren Alltag, ihre Freuden und ihr Leid mit mir geteilt und ihre Spuren in diesem Text hinterlassen haben.

Dank an Lieutenant Bénédicte Desforges, deren ergreifende Schilderung der Rückführung eines rumänischen Schriftstellers zur Zeit Ceaușescus in ihrem Memoir *Flic. Chronique de la police ordinaire* mich zu diesem Roman inspiriert hat.

Dank an Thierry Rappeneau, David Picot und Alfred Lenglet für ihre rückhaltlose Unterstützung während der gesamten Recherche. Ich möchte, dass sie dieses Buch als Zeichen meiner Zuneigung und meines Dankes betrachten.

Dank an Antoine Astruc, Baptiste Boussac, Henri Castets, Damien Couet-Lannes, Hélène Creus, Serge

Evdokimoff, Jean-Michel Giuggia, Christophe Grandjean, Brice Larroque, Delphine Mozin, Arnaud Preney, Genviève Pruvost, Didier Scalini, Dominique Teulade, Hervé Vienet und Viktor Volkman für ihre ausführlichen Erklärungen auf meinem Weg.

Dank an Chloé Altwegg-Boussac, Aline Angoustures, Odile Ghermani, Marie Lindemann und Marie Gonzalez Perez, dass sie mich durch den bürokratischen Dschungel von Asylverfahren und Abschiebehaft geführt haben.

Dank an die Stewardess Françoise R., dass sie mit mir über ihre Erfahrungen bei der Rückführung von Auszuweisenden gesprochen hat.

Dank an die Hebamme Zina Hebbache, die mir die verschiedenen Schritte eines Schwangerschaftsabbruchs und die dazugehörigen Begriffe erläutert hat.

Dank an Séverine Barré, Cristina Campodonico, Madeline Da Silva, Boris Lanchon-Armand, Janine und François Lanchon, Vincent Rappeneau, Géraldine Siohan und Didier Soubrier, dass sie sich so freundlich für mich verwendet haben, wann immer es nötig war.

Dank an Grégoire de Calignon, Christine Cameau, David Chambille, Virginie Legeay, Charlotte Sagorin und Mathilde Walton, meine Freunde und Weggefährten, für ihre aufmerksame und wohlwollende Lektüre in all diesen Jahren. Ich schulde euch mehr, als ich zu sagen vermag.

Dank an Juliette Joste und Olivier Nora für ihr Vertrauen vom ersten Wort an.

Die Übersetzerin dankt Christian Zorn für seine unschätzbare Hilfe bei der Übertragung von Begriffen und Formulierungen des Polizeialltags.